張曼娟
Chang Man Chuan

海水正藍

The Color of the Deep Ocean

故事風箏手

——《海水正藍》二十週年序

張曼娟

故事要從二十年前說起。那是在深秋的某一個子夜，我被混合著緊張、焦慮、期待與狂喜的複雜心情懸吊著，無法安靜入睡。因爲，天亮以後，我的第一本書就要出版了，我不僅是一個碩士研究生，還是一個寫作者了，這是連夢想也不能憧憬的一種角色。我輾轉反側，並不知道，這本書會爲我和其他人帶來一些什麼。

新書出版了，我慎重其事的落款送給當時的男朋友，他是個學理工的男孩子，大家都覺得理工與文學，是絕佳的組合。男孩子開開心心的拿著書回去了，第二天，他打電話來，聲音聽起來很低落。我以爲他不喜歡我的書，我說沒關係的，你不喜歡一點也沒關係的，那不是重要的事。他欲言又止了好一會兒，然後才說：『我看了妳寫的故事，整夜睡不著，我覺得好害怕。我不知道，妳都在想些什麼？』我記得自己花了好多時間，撫慰他的情緒，教他不要害怕，可是，說著說著，我發現自己的情緒緩緩滑落下去了。

唸完碩士，我報考博士班，男孩子是爲我才去唸的碩士，看見我又考上博士，他發自肺腑的脫口而出：『妳爲什麼要唸博士？』我又花了不少時間安撫他，告訴他我只是要試試看，想知道自己能不能做得到。然而，過不了他家人那一關，每個人都在問我：『妳爲什麼要這麼做？』我發現即使只是微笑著，都感到疲憊了，我不想再爲我眞正想做的事到處解釋，也不想帶著歉疚感過日子。我和男孩子分手了，直到今天，我仍感謝他的體諒與成全。

剛分開的那段日子，我確實很難度過。他是我交往的第一個男朋友，我還記得，他有多麼緊張，而我又如何驚惶地，如同一隻白鴿，把自己的手交到他掌中。他喜歡牽著我的手，帶我乘火車去鄰近的城鎮玩。有一次，我們站在天黑的月台上等火車進站，他問我渴不渴？我點點頭，他鬆開一直牽住的我的手，去買飲料。我獨自站立著，忽然，有一個中年婦人走到我身邊，她問我，走開的男孩子是我的男朋友嗎？我點點頭。她像個巫者一樣的說，妳的男朋友很喜歡妳啊，看他牽著妳的樣子就知道了。妳要好好珍惜喔，妳會很幸福的。我垂下頭，披肩的長髮直瀉而下，不知道該怎麼回答。男孩子買了飲料回到我身邊，我想指給他看那個女人，而女人已經從月台上消失了。

分開之後，我常想起月台上那女人閃著詭秘的眼眸，彷彿我是親自截斷了可以握住幸福的那隻手，我的淚水便洶洶而至了。

同時，讀著我的第一本書，而洶洶落淚的人，比我可以想像的還要多得多。

那時候的我，是一個感傷的人，《海水正藍》也就充滿了淚水與悲傷。二十年來，從台灣到大陸，從香港到星馬，那麼多的淚水聚集在一起，恐怕也會有一片小小海洋的鹹味與色澤吧。雖然我已經再接再厲出版不同類型的許多作品，但，人們總是習慣以『「海水正藍」的張曼娟』來稱呼我，有段時間，我確實很想擺脫，而今，也甘之如飴了。

我在世界各地遇見許多讀者，他們會告訴我，《海水正藍》曾經改變了他們的生活，而我認為，因這本書而改變最大的人，其實應該是我自己。

如果不是因為《海水正藍》的暢銷，招致太多負面批判，我恐怕也不會發憤唸博士，我原是個得過且過的懶孩子。如果不是自認為不適應太過複雜的環境，我應該也不會留在學院裡教書，進而真正愛上教學和學生。研究與教學，是我的避風港，巧妙的保護了我始終孤僻的真性情。

很幸運地，我也愈來愈明白，哪些事對我是重要的，是有意義的。

接受與付出，是世間最美好的輪迴。

感謝曉風老師給過我的，最初的肯定與鼓勵，讓我生出了傻膽，一路往前闖。感謝平鑫濤先生在皇冠雜誌上發表了一個女學生的小說〈海水正藍〉，用的還是特別推薦的方式，讓我以爲自己是値得的。感謝明道文藝的陳憲仁社長，讓我們這些新人有機會從文學獎中冒出頭來，更讓我在四處碰壁，全無信心的時刻，收容了這本書裡大部份的稿件，給它們發表的園地。

正因爲接受了這麼多，我也學習著付出，在一九九六年，成立了華人地區第一個培養並經紀文學新人出書的工作室『紫石作坊』，八年來已經企劃出版了超過一百二十本著作。這也是我最奢侈華麗的夢想，無論未來將走到哪裡去，互相鼓勵，彼此扶持，已經成爲紫石最可貴的情感與精神了。

這些年來，我當然也想嘗試其他的工作，而後發現，除了創作，原來我並沒有別的專長。說故事，就是我喜歡，也有把握可以做好的事。有好多故事，像是能嗅聞那樣的，一隻獸似的來到我身邊，憩息在我腳前，央求著我書寫它。有時候，故事不來，我便裝備整齊，四處找尋，縛了它來。

書寫著每一個故事，並不知道將會引起怎樣的情感反應，就像是個高高放起風箏的人，並不知道引來的是響雷或是閃電。只是執著地，沉迷地，一直寫下去。並且發現，那時候跟男孩子說，創作是不重要的事，原來是錯的。

二十年前，那個被男孩子牽著手，坐上火車的端莊婉約的女孩子，順著鐵軌一去不回了。如今的我，赤著腳在燦亮的海邊放故事的風箏，一隻又一隻風箏翩翩飛上天空，我感到豐盛而自由。

至於幸福還是不幸福呢？

做爲一個故事風箏手，是不會有這樣的困惑的啊。

二〇〇四年・秋分・台北盆地

新版前言

距離海水正藍第一次出版，已近十年。

十年以來，愛我者，惡我者，皆是因爲海水正藍。

而我其實已不是海水正藍時的張曼娟。

再見彼時的單純與信仰，就像聽見自己的乳名被呼喚，無法抗拒的溫柔情緒。

新版的文字與標點符號有略微修改，細心的讀者應當可以察覺。

我的成長。

一九九五．元月．台北

序

◎張曉風

我下課晚了，她在教室的走廊上等我。我們一齊到教員休息室去，休息室外是操場，操場盡處是溪水，至於山，則在水的那一邊和這一邊錯疊著。

中文系研三的女孩，一身雲白色的衣裳，黑髮婉轉依肩，問她最近如何？她說正在寫一篇有關唐人傳奇中人物性格的論文，手裡卻又拿著第一本小說的校樣，面對這樣的女孩是會令人對時空恍惚的。她是從洛陽古城繁花似錦的春天裡走出來的嗎？她所穿的是一塵不染的齊紈嗎？這樣好的秋天，這樣好的校園，這樣好的三年前小說課上教過的學生，這樣好的第一本小說集，我竟答應為她寫一篇序了。

曼娟，這樣的名字和一段怎麼的史蹟繫在一起呢？對我而言，她曾是名冊上一個等待評分的未知，曾是大專小說競賽中名列第一的熠閃榮耀的代號，她因此獲得一筆在大多數人看來都頗為可觀的財富（六萬元），而她居然一口氣又把它捐掉了。這之後，是讀研究所，是陸續的讀和寫——以上，算是既往的史料，這些都不重要，重要的是她的未來史。每個作者的每一本書都只該是大漠行腳，每一枚愼重的留模，都是把自己全人作爲印章來蓋的鈐記。但是，如果你要尋找那腳印的主人，她卻已行在千里之外了。

謝謝曼娟一直讓我分享她的光榮，如果容我苛求的話，則我會希望在她的淵仁之外，在她雅贍密邃之外，在她縱橫流溢的才情之外再加一份霸氣。

離開師承，離開少年英發的自己，有的時候可以是更深的回歸——雖然其間有大冒險。我與曼娟，雖有師生之名，也不過是曾將一得之愚與她分享罷了，而此刻說話的我已只是一個讀者了。而你，任何在書肆裡由於某種機緣而買了這本書的人，雖然身爲讀者，但如果你不惜將一己之見誠懇地告訴她，則你豈不也是她的一字師、一句師或一見師嗎？

曼娟不是一個只想聽讚美的人（雖然她値得），故敢爲出言如上。

【初版自序】

最後的堅持——擺渡

是在九歲那年，或是更小的時候。在我固執的追問下，母親含淚、艱難地道出那個秘密……剎那間，我那童稚地、風和日麗的世界，整個兒崩塌了。然而，抹去淚的那個午後，依然得背上書包去學校，和其他的同學一樣，計算最大公約數和最小公倍數；和其他同學一樣，因爲考得不好而排隊捱板子。世上的一切都不會因爲我的悲傷而改變。

從那時候我便知道，有許多不幸，是很早很早就存在了的，當你走得意氣飛揚、顧盼自得，它便霍然出現，有時甚至挾帶著毀滅的力量。於是，我們猛然醒悟——原來，它早等在那兒的。

而所謂的秘密，通常都是不幸的；令人一旦聽聞，便終生難忘。

成長的過程中，我無意地知道一樁又一樁的『秘密』。有些與自己相關；有些完全無關。

漸漸地，我的嘴唇變得平薄，時時緊抿。爲的是強抑許多激越的情緒；更爲了將這些秘密鎖在內心深處。

好幾回，站在藝術館的舞台上演戲，我都不是個入戲的好演員。佇立在燈光匯聚的地方，說自己該說的台詞，每次都有空前的無助，沉溺在空虛與惶恐之中。那時候，我總是很確切地知道，沒有人能夠幫助我。同時，心中便感受到，一股深深地絕望。

然而，當我的朋友娓娓訴說他們的故事，那些喜怒嗔怨，我總是聽著聽著，便忍不住落下淚來……那些成長中的疼痛，生命裡的無奈，在折磨他們的同時，彷彿也就折磨著我，令我感同身受。這又如同寫小說，我並不是個高高在上，安排命運的全能作者；只是與他們一同呼吸、一同去愛的朋友，於是，當糾纏著愛恨生死的故事開展時，我就感受到相同的驚悸、或是喜悅。

這又與舞台上的不能投入，有著怎樣的差異呵。

父親的模樣一直都比實際年齡年輕許多，因此，看見父親的第一根白髮，我的驚駭無法言喻。悄悄地，我開始寫〈永恆的羽翼〉，前後歷經兩年才寫完。

〈永恆的羽翼〉使我得到生平最大的獎：全國學生文學獎。父母是多麼歡喜，又多麼擔憂——害怕我塗鴉十年之後，會因爲得獎的壓力而不能提筆。這大概就是典型的中國父母，拙於讚美；羞於誇耀——這又像一般的中國兒女，熱切地向父母表達愛意，是那樣艱辛而困難。所幸，我們總有自己的語言和方式，讓既平凡又不凡的父母，了解我們的心情。

幼年時候，在夢中，父親或是母親提著箱子離開家了，離開我了。望著那決絕的背影，我喊叫著哭出聲……醒過來，可以清楚地看見熟睡的父母，但，不知爲什麼，我仍要止不住地流好一陣子眼淚，才能平息驚懼的情緒。因此，寫〈海水正藍〉，小彤爲了不肯回到破碎的家，而向外祖母叩求收留的時候，我彷彿又見到當日的小男孩，牽著更小的妹妹跪地叩頭，聲聲重響，將我整顆心擊得粉碎。生命中的不幸，或許可以讓人學會珍惜。只是，有時候，付出的代價是否太過高昂呢？

愛情，是千古以來述說不盡的題材，我卻謹愼地，在一段時日之後，才讓它進入我的筆下。爲的是，看過太多現代的聚散離合，我不得不懷疑，它只是個神話吧?! 是在成長中編織的瑰麗夢境。不眞實，而且帶著譏諷！我情願相信人與人之間的情誼。

看到〈長干行〉的人說：

『妳終於寫出愛情來了。』

不是愛情吧。只是一種自幼年起培養的柔柔情誼，即使再年長，經過再多繁華，當回憶輕叩心扉，便免不了淡淡的甜蜜與憐惜。那是自己，和他（她）的稚情呵！

而我也知道一種情愫，是芸芸眾生裡的一次凝眸，即成終生的想望。〈儼然記〉不是神話。牡丹亭的杜麗娘夢遇柳夢梅，便唱出：

是那處曾相見，相看儼然。

既然，〈儼然記〉不是神話；那麼，愛情也應該不是。

愛情，也不過就是人與人之間的一種情誼。隨著歲月，增加或減褪它的色彩，與溫度。年輕的時候，只知道去愛，卻不懂寬容。對每一種感覺，都要求徹底與完整。所以，當青春漸逝，總有人因鹵莽而痛悔。

落紅不是無情物，化作春泥更護花。

那些紊亂的、茫然的，不知如何愛人與被愛的歲月，已經一去不回了，成為生命裡的軌跡。如何讓痛哭之後的人，重新上路，如同蚌，包裹砂粒與難堪的疼痛，終於成為渾圓光華的珍珠。

同樣是生命，有人活得理直氣壯；有人委曲求全；有人怡然自得；有人頑強不屈。

〈乍暖還寒時候〉的孟琳，總把自己藏在黑暗的角落，因為許多一開始就注定了的命運，無法轉圜。不甘，是她心中永不肯熄滅的火種，足以燒傷別人和自己。爭取、抵抗，換來遍體鱗傷。我欣賞她的一再受挫，卻始終不肯放棄自尊，勇敢地向前走——儘管維持得可悲又可憐。可是，設身處地的去了解她，恐怕就不忍苛責了。

我執意地偏愛女子，因爲她們各有不同的姿態與風情，有著令人心動的溫柔。最最可愛的，則是一些自認精明的迷糊；自以爲謹慎的誇張，就像那個名叫瑞瑞的女郎。她算『黃道吉日』；算生辰八字；算天算地，好像把一切都捏拿穩當，卻偏偏算不清自己的感情，隨波漂盪，竟也無怨無悔。難得的是幾回聚合離散，變不了她的熱情誠懇，變不了『寧願人負我』的純良本性。

有一次，偶然地，到淡水渡口漫步，觀音山常年靜躺著。那日天氣晴和，河水特別乾淨。我出神地望著渡船的來來去去，船行處留下一道長長的水痕，突地心頭一動，忍不住對同行的友人說：

『我覺得自己是個擺渡的人。』

眞的，我驀然相信，在上一世，或更久遠的前生，我就是個擺渡的女郎。而在今生，當我掌中映著別人晶瑩的淚光；當我在燈下執筆，隨著故事中的人微笑或悲傷，便幾乎可以確定，自己仍繼續著這樣的『事業』……是的，就是擺渡！

是否可以容許我，誠心誠意地合掌祈禱：在未來地、不可知的歲月裡，無論遇到怎樣的挫折，多少不如意，都不輕易放棄，那最後的堅持——擺渡。

在我成長與寫作的道路上，曾對我付出關懷和鼓勵的每一位，我都牢記在心，並且深深感謝。因爲這樣，才能使我永不失去信心。

一九八五年九月謹識

目錄 Contents

長干行。

1

她是他二十幾年回憶中唯一的溫柔。

她的名字叫意婕。

她第一次出現在他眼前，只有五歲，穿著短裙，渾圓粉藕似的手臂上，套著一只鮮紅的、晶瑩的瑪瑙鐲子，烏黑柔軟的髮絲束在頭頂，繫著一條天藍色的髮帶。微風吹過，裙上的荷葉邊飄飄地，燦亮的髮帶飄飄地，她的小手握在她母親手中，她母親正和他母親說話：

『你們能搬來眞是太好了！這地方環境不錯，就是偏僻了點，我們咪咪最可憐，連個玩伴也沒有，附近都是野孩子！咪咪！去！跟小哥哥玩！』

意婕被她母親推到他身邊，他下意識地退後一步，她母親開懷地笑起來：

『小男生還怕羞啊？你們兒子眞乖，一副斯斯文文的樣子。』

『哲生！』他母親有些惱怒，拍著他的背脊：

『帶咪咪去玩兒啊！你彈鋼琴給咪咪聽。』

兩個小孩兒坐上鋼琴椅，哲生有板有眼的彈完〈河畔明月〉、〈平安夜〉，意婕的眼睛又圓又亮，眨呀眨地，小巧的嘴唇忘情的啓著，他的雙手平放在琴鍵上，轉頭看她：

『好不好聽？』

意婕用力點頭，她的童音又甜又軟：

『好棒哦！小哥哥！你好棒！』

他微笑著，牽起她的食指，輕輕敲在琴鍵上，發出清脆的聲響，意婕小小的身子一震，又緊張又興奮，她揚聲笑起來，雙眼更晶亮了。他也笑，握著她的手指去敲其他的琴鍵，一連串雜亂刺耳的聲響此起彼落，她又叫又笑，他滿心都被奇異的興奮脹滿了，於是，他也一直地、歇斯底里地大笑。

她很快地與他熟悉起來，他牽著她的手上學、放學，假日裡，兩家大人正好湊一桌麻將；他帶她爬山、上樹、捉蝌蚪。天晴的時候，他們爬在樹上，可以看見家，看見爸爸辦公的大園子，還有學校的操場，追逐奔跑的小朋友。下雨的時候，他採下野山芋的大圓葉，做成一把綠色的大傘，兩個人躲在傘下，還是濕淋淋地。

『你不要叫我咪咪嘛！』她常有些小小的抗議：

『好像小貓咪的名字一樣！』

他後來再沒有叫過她『咪咪』，一直都叫她『意婕』。她說的話，他全放在心上，他寵她、縱容她，原先有些孤僻的性格，也爲了適應她，漸漸改變了。

有一回，他也對她生了一次氣，只因爲她對人說哲生是她哥哥。

『誰是妳哥哥呀？』他滿心不高興，也說不上是爲什麼，就是那樣犯彆扭。

『好嘛！好嘛！不要生氣了，小哥哥……』她走在荷花池的邊緣，低聲求饒。

『叫妳不要再叫我哥哥了──』他第一次對她吼叫。她一驚愕，『撲咚』一聲滑進池塘。

不過是轉瞬間的事，哲生用力抓住她，然而她的半截身子陷進了泥塘，他抓住她的手，卻抓不住她繼續下陷的身子，她喊叫掙動，陷得愈快。

『小哥哥──』她驚恐地望著他，怎麼也脫不出這個可怕的泥坑。

『不要怕！』他的聲音淒厲地：

『我拉妳！拉妳出來──』

哲生拚命拽住她，他是個細瘦的九歲男孩，拗不過整個神秘的黑窟，拉著扯著，他開始哭起來。

『小哥哥！我好怕！有人拉住我的腳啦！』意婕微弱而費力的嚷叫。他拉不動她，也無法向人求援，他知道自己一旦放手，她就會被整個泥塘吞沒了。

『眞的，有……有人拉我的腳啦……』意婕再度呻吟。他再也無法按捺心中的恐懼與憤怒，聲嘶力竭，亂七八糟地狂喊：

『走開！走——走開！不要拉她！不要拉她！放開她！放開她——』

他恐懼她將離開他，憤怒有人將她搶走——他只有拚命，拚命地拉著他的意婕……她的身子活動了，多麼神奇！他漸漸拖出她了，她在他的協助下，爬出池塘，癱軟地坐在草地上，除了雪白的小臉，渾身都是污泥，她低頭從足踝上解下一段水草，對他說：

『這個……拉我的腳……』

說著，眼圈一紅，掉下淚來，由哽咽變爲嚎啕，他也跟著哭泣。

他帶著她找到一個水龍頭，沖去身上的污泥，兩人坐在午後的陽光下，曬曬濕衣服。樹上的鳥鳴聒噪，知了正賣力的嘶喊，賣枝仔冰和冰淇淋的小販來了又去，他們只是坐著，沒有說話，像在剛才的一瞬間，成長了許多，不只是個六歲和九歲的小孩了。

她的鞋子，在方才的一場『劫難』中遺失了一隻，要回家的時候，他替她脫下僅存的那隻鞋，對她說：

『我背妳回去！』

他背著她，提著她的鞋，往回家的路上走，那片荷花池塘在夕陽下分外美麗，卻令他的心一陣陣驚悸。能夠感受到意婕的心跳與呼吸，是多麼美好，倘若……他想著，心底一陣酸楚，紛紛地落下淚來。

她回家後還是生了場病，差點轉成肺炎。大人們事後也追問發生了什麼事，她輕描淡寫的說：

『我掉到池塘裡面，哲生救我起來的……』那次以後，她再不叫他『哥哥』了。

『喝了水沒有啊？』大人問。

意婕搖搖頭，她父親一把抱住她，愛寵地：

『好啊！蝦蟆不吃水，太平年——』

一屋子的人都笑起來，她帶笑的眼眸在他臉上一閃，垂下頭去。他的心緊緊一縮，緩緩舒開來，第一次切切感動，因她是個女孩。

2

上了中學，他們仍是形影相隨。他高一，她初一，放學之後，在一起做功課，他的母親最擅長烘焙小點心，他們邊吃邊談，直到她母親在隔壁喚她回家吃晚飯。

他一直沒有放棄鋼琴，並且自己練習譜曲，把他們共同喜愛的詩詞譜成曲，初三那年，她抄了一首李白的詩，送給他，那是李白的長干行：

妾髮初覆額，折花門前劇。郎騎竹馬來，遶床弄青梅。同居長干里，兩小無嫌猜。
十四爲君婦，羞顏未嘗開。低頭向暗壁，千喚不一回。十五始展眉，願同塵與灰。
常存抱柱信，豈上望夫臺。十六君遠行，瞿塘灩澦堆。五月不可觸，猿聲天上哀。
門前遲行跡，一一生綠苔。苔深不能掃，落葉秋風早。八月蝴蝶來，雙飛西園草。
感此傷妾心，坐愁紅顏老。早晚下三巴，預將書報家。相迎不道遠，直至長風沙。

他拿著那首詩，心頭一陣酸澀，一陣激動，她那年正是十四歲呵。天！多好的一首詩。他在當天夜裡譜成了曲，重新抄寫一遍，投進她家信箱。那天晚上，事情爆發了。意婕被她母親拖著衝進他家，他父親不在，他母親連忙迎出來，他開了大門，直視著她蒼白的臉，她垂著頭，短髮零亂的披在臉上。她母親朝他母親咆哮起來：

『你們家的人太厲害了！妳先生會做人，是主任面前的紅人，憑什麼欺負我們？哦！好事輪不到我們，卻要調我們到那麼遠的鬼地方去？是什麼意思？』

『事情不是這樣的，你們要調走，我們也難過……』他母親低聲分辯。

『少來這一套了！馮太太——別在這兒貓哭耗子假慈悲！今天大家把話說清楚，我們那裡得罪你們？逼得你們借刀殺人——』

『這是什麼話？』他母親轉向他：

『哲生！帶咪咪到你房裡去……』

『幹什麼？幹什麼？』她母親一下子暴跳起來：

『原來是妳這個做娘的教唆妳的兒子勾引我的女兒啊！當著我的面，妳也敢——』

他母親的臉一下子沉下來，當她生氣的時候，總是格外冷靜：

『楚太太！我實在無法想像，妳會說出這種可怕的話！妳侮辱的不只是我和我兒子，還有妳一手調養的女兒。』

意婕抖瑟地，張開嘴，發不出一點聲音。她母親揚起手中的紙張，走向他的母親：

『我的女兒我管教不嚴，妳的兒子也不見得是什麼好東西……妳看看！這算什麼？』

他母親接過那張紙，好容易將冰冷憤怒的目光從紙上移開，望向他，清清楚楚地問：

『哲生！這是怎麼回事？』

他心中十分明白，明白母親所要的答案，他只要說出事實，他沒有『勾引』她，這是她送給他的……他的眼光轉向意婕，他已算不清這是今晚第幾次的凝望，但，她總不看他，總不抬頭，窄小的肩膀抽搐著，不知是哭泣？或是恐懼？那份無助的淒楚，令他想起陷在荷塘中的她，掙扎而不斷沉落……

『是我。』他冷靜而篤定的承認。意婕終於抬頭看他了，她眼眶蓄淚，對他搖頭。但，她已不可能阻止他了，他說：

『是我送給她的。因爲我們是從小一起長大的，我喜歡這首詩，以爲她也會喜歡，所以，就送給她了！我們並沒有別的意思，爲什麼……』

『夠了！』他母親阻止他說下去：

『明年夏天就要考大學的人，那裡還有這個閑工夫？眞是不像話！』

她母親撇嘴笑了笑，酸溜溜地：

『反正我們就要搬走了！我只是要跟你們講明白，我的咪咪可是個規規矩矩的好女孩，以前是小孩子，在一起玩玩也就罷了。現在半大不小的時候，我可不希望哲生再來找她，萬一……』

『妳放心！不會有萬一，我的兒子我知道——』

他悽惶地注視她，她也正盯著他，默默地，像在點頭，又像搖頭，咬緊了下唇。

她或許是放棄了，上學或放學，總要找個同學作伴。他絕不肯放棄，就爲了那首詩，就爲了父母之間的恩怨糾葛，將一切都毀滅，讓一切都煙消雲散，他不甘心！她怎麼能甘心呢？

他終於找到機會，那天放學，她終於一個人了，他一直跟在她後面，直到遠離所有的人群，他走近她，低聲呼喚：

『意婕。』

她握著書包的手臂縮緊了，腳步也加速了。他跟上去，再一次喚她：

『意婕。』

她拔足而奔，他跑得更快，一下子攔住她。她停下來，微喘地瞅著他，他深呼吸，也盯著她看。他們對望了一陣，她把眼光掉開，望向天空。他下意識的隨她仰望天空，秋天的藍空中，澄淨得一片雲也沒有。當他收回目光，才發現她哭了。

『不要哭……』他心慌地，鼻頭也酸起來：

『我知道妳媽媽不准我跟妳說話，也不准妳理我！可是我們沒做錯事啊！爲什麼要讓他們影響我們呢？』

她把小手絹擰成一團，擦拭滾落的淚珠。

『記不記得小時候，我們多快樂？我現在寧願自己還是個孩子，長大了爲什麼這麼煩惱呢？』他問她，也是問自己。她不說話，好容易抬起頭，向他點點頭，唇邊似有一個隱隱的笑意。他鬆了一口氣，微笑地問她：

『我們恢復邦交了？』

她點點頭，他開心地笑起來：

『我們明天——老地方見？』

她悄悄一顫，望著他，遲疑地點點頭。他張開嘴，忍不住想歡呼，向上一躍，他說：

『妳先回去吧！免得讓妳媽看見……』

她點頭，向前走了幾步，忽然回頭看他，他站在原地，雙手插在褲袋中，向她說：

『明天見！』

她勉強現出微笑，困難地說：

『再見。』

一轉身，她掩面飛奔而去，他詫異的跟了兩步，她哭泣著跑遠了，他不明白，她爲什麼這樣悲傷的哭泣？

第二天，放學之後，走過她家，矮牆內的花草樹木有些零亂，他佇立在那兒，驀地有些神經緊張，一陣風過，吹開了大門，他奔跑過去，穿過她家小小的庭院，站在一片空曠的客廳中，她搬走了！無聲無息地走了！

一切都是靜止的，如一場夢魘……他家烘焙點心的香味，融融的飄浮在空氣中……

3

他如願考上音樂系，離家去過住校生活，這是一個轉捩點，從群體生活中感受到樂趣，學習調適自己的人際關係。大學以前的生活逐漸淡去，像雲煙。然而，總有一絲薄雲，柔柔、軟軟地、淡淡地纏繞在心頭……那個小女孩，他再沒有見過她，聽過她的消息，有時候，連她的面貌也模糊了。只有初見的渾圓可愛始終明晰，最後一次見面，她只對他說『再見』……一個自童年開始的朋友，到底是份怎麼樣的感覺？他也迷惑。

剛升上大四那年秋天，餐桌上，他父親不經意的告訴他們，她的父親肝癌過世了。他一驚，擱下碗筷，浮起她父親那雙愛笑的眼睛，擁著意婕唱：

『蝦蟆不吃水，太平年……』

他悄悄找到他父親的同事高伯伯，帶他到公祭的靈堂。站在靈堂外面，望著披麻帶孝委頓靈前的意婕，他感覺像隔了一個世紀的久遠。看不見她的臉，只見她一次又一次的叩頭答禮，這女孩就是意婕嗎？他遠遠地望向她。

高伯伯先走了，他仍站著，等著人們將她父親的靈柩抬去火化，等著人們扶起意婕，將靈位和一些其他的東西交給她捧著，她幾乎站不住，卻勉強的邁著步子，低垂著頭，向外走來了。他緊張得聽見自己的心臟狂跳，盯著她走向他，終於，終於到他面前了！神奇地，她突然抬起頭，望向他——一瞬間，這張面孔，所有的記憶，全部鮮活起來。她瘦了，圓臉成了尖臉，眼睛更大了，盛滿哀傷與沉靜。他張大嘴，幾幾乎就要喊出她的名字，但，她似乎是視而不見的收回視線，再度垂下頭。他怔了，費力的閉上嘴，不能置信的望著她被人擁簇而去的背影。怎麼可能？她不認得他了？她沒有理由認不出他的，如果她是意婕！爲了來見她，他費盡心機，他放下即將來臨的期中考試。他變了嗎？他迫切的找尋一面鏡子，直到找著一片可見人影的玻璃，他看見自己，沒有改變啊！他始終是這樣的。可憐的意婕，小時候，有什麼委屈她總是對他說的。而現在，她竟然不認得他了！強烈的不甘包圍住他，在濃濃的秋天裡，他漸漸明白了，這是一份怎樣的情感。

二十九歲，他從歐洲回國，帶著創新的中國音樂，在樂壇上掀起震撼。他將詩詞合樂，用現代人的眼光詮釋，帶起歌壇『尋根』的熱潮。

這年春天，他忙壞了，周旋在音樂會、唱片界及各種新聞媒體中。直到醫生警告他：情緒緊張將影響他的腸胃時，他決定暫時離開人群，給自己一段休閑的日子。

他『隱居』在淡水，一位教授的家中。看淡水河的日落；看渡船；看海上的日出；看淡水站上火車的去來。他喜歡坐在充滿人聲笑語的地方，毫不戒備的放鬆自己，有時候感覺自己像個遊魂；而且是個高大的遊魂，走來走去，都不引人注意。他眞喜歡這種平淡的日子，什麼都不必思考，自然就有些新鮮的東西湧進心靈，塞得滿滿的。

那天，不由自主地逛進一家唱片行，唱機正聲嘶力竭的吼著時下最流行的翻譯歌曲，他本來已經走過去了，卻沒什麼道理的又走回來。唱片行有個年輕女子背對著他，正向站在高處的老闆喊叫：

『是新出的唱片，不是舊的！』

因爲音響太大聲，老闆也必須扯著嗓子：

『沒有啊！是唱的？還是音樂？』

『是音樂。』那女子費力的嚷：

『我昨天還看見的！馮哲生的「夢迴古中國」專輯……』

她說著抬手指向唱片櫃，一只鮮紅晶瑩的瑪瑙手鐲閃在他眼前，他猛地一窒，冒了一身汗——不會！不會是她！怎麼可能，那截手臂細瘦得彷彿不經意就要折斷了……那女子緩緩的轉過身，他們面對面的凝望。她所有的表情在一瞬間凝在臉上，而他，拚命穩住自己的呼吸心跳，凝視著這個一眼就能認出的女孩，久久地，才從喉頭深處流瀉出那聲呼喚：

『意婕。』

『怎麼……』她像夢囈般呢喃：

『怎麼可能？』她的神情始終像在夢幻中，當他們走在石板道上，海風掀翻她的裙襬和寬袖，恣意地將長髮散在她面頰上，他終於忍不住問：

『好嗎？』

『嗯？』她的雙眼迷迷濛濛，忙著扯裙角，理長髮，慌亂而不自然地：

『還好。』

他點頭，想不出什麼話，好容易開口，竟是兩個人一道說：

『你……』

兩人一道煞住，笑起來。

『妳先說吧。』他含笑讓她。

『我是說……常在收音機裡，聽見播你作的曲子，實在很好聽哪！』她說話的時候不看他，好像他根本不在她身邊似的，他不禁揣想，她或許常是這樣對他說話，只是，他一直沒能聽見。

『妳喜歡，我可以送妳兩張唱片。』

『不用了！』她急切地：

『不用！謝謝！我自己可以買……』

他微愕，有些不對勁，卻說不上是那兒，他謹慎的閉上嘴。又走了一段沉默的路，他小心翼翼的問：

『妳現在在那兒做事？』

『我在這裡一家小公司當會計……』她訕訕地笑著：

『也沒什麼大出息——』

『別這麼說。』他急忙打斷她的話：

『行行出狀元！』

他們在海邊坐下，他問：

『什麼時候搬到淡水來的？』

『那年，我爸爸過世了，媽就帶我到淡水來了。這兒是她的娘家。』

『哦。妳在那兒唸的大學？』

『大學？』這兩個字像蠍子，突然螫疼了她，她的臉上仍掛著笑，眼中卻流露一股陌生的冷冽：

『大學不是每個人都有能力唸的！我當年也想！想得快要瘋了，可是……』她悽愴地搖頭：

『算了！我沒有這個命！』

『爲什麼不來找我？』他一下子問出口，要收，已經來不及了：

『我一定會幫助妳的……』

她睜大了眼睛看他，眼中漸漸浮起溫馨的光采。那些甜蜜的回憶，同時輕叩她的心房了。

『那年，伯父公祭，我去了……』他娓娓訴說：

『看見妳。我一直守在外面，可是妳……』他躊躇了一會兒，說：

『妳沒看見我！』

她突地仰頭望天，這個動作，是他熟悉的。他密切注意，怕她掉下淚來，她沒有落淚，只是晶亮了雙眼，有些顫聲：

『我看見你了。可是，我不敢相信，我以爲……是幻覺。不可能是你……我那時候感覺自己快死了，跟爸爸一起死了，我以爲，人死以前，都會看到自己想看到的人……。』她停住，用手掌摀住臉：

『我搞不清……怎麼回事。』

她的瑪瑙鐲子，又露出來，她幼年時戴的，現在竟然還戴著，可見手臂有多細瘦，不僅是手臂，她全身都纖瘦。他的心，悽悽惻惻作痛：

『妳沒有好好照顧自己，這麼瘦……』

她一凜，抬頭看他，臉上的感動和迷惘迅速退去，她挺直背脊說：

『要結婚的人，沒有不瘦的。』

他盯著她，思緒全被抽空了。茫茫然地問：

『誰結婚？』

『我啊！』她看著他，緊張地握住裙襬。

『妳……？』他傻傻地笑起來：

『妳要結婚？』

『很好笑嗎？』她問，有些咄咄逼人。

『不！不是！』他連忙收斂，卻管不住牽動的嘴角：

『是意外！那年，見到妳，妳才這麼一點大……』他手忙腳亂的比劃：

『胖嘟嘟的，紮一個蝴蝶結，最愛彈我的鋼琴……』他的手停在半空中，望著面無表情的她：

『妳忘了？』

『沒有。那年我還不到六歲，現在已經二十六了……』

『是啊！』他迷亂地接口：

『時間過得眞快！教人……』

教人不敢相信的，又豈只是飛快的時間呢？

『你呢？』她問：

『應該有很好的對象了吧？不要爲事業耽誤了終身大事啊！』

『我不行！』他再度笑起來，笑得疲憊：

『我流浪慣了，根本定不下來──』

他說著看她，她正咬住下唇，默默看著他，像在點頭，又像搖頭。一股暖意自心底泛開來，他覺得她依然是懂得他的。

『我明天晚上結婚，所以今天才能有自己的時間出來逛逛。』她對他說。他無法接腔，她在結婚前一天，逛進唱片行，買他的唱片。而他偏也走進那家唱片行，在同樣的時刻裡……世上許多事，原是一開始就注定了的，他漸漸明白。

『明天晚上，你能來嗎？』她問。眼中有些閃爍的東西，分不清是期盼？還是擔憂？曾經，她是顆星子，渾身都發亮；如今，她是個嬌弱的淡水新娘，夕陽為她鍍上一層層柔和的金黃。她在他眼中是熟悉的，又遙遠而模糊，蕩蕩漾漾……她見他不回答，自顧地笑起來：

『其實，兩人結婚，也沒什麼好看。你現在是名人，一定抽不出時間……』

『眞的，太不巧了……』他說，帶著歉意的微笑：

『我今天晚上就回臺北了。』這是兩秒鐘前作的決定，而無改變的餘地了。

『那……好吧！』她站起身，長髮和裙襬又在風中狂舞起來。

『不知道什麼時候能再見了……』她說著，望向他，他的眼光掠過她，投注在海面上，聳了聳肩，輕輕笑起來：

『在這兒遇到妳，是最大的收穫！眞的。』

他們像一對普通的朋友，握手告別，然後，各奔前程。有一些東西結束了，有一些正在開始……

他到淡水來，本就是有些許期待的。孤獨地背起行囊，當天夜裡走向淡水車站的時候，他彷彿尋到答案了——長干行，無論怎樣綺麗，動人，畢竟只是古老湮沒了的故事。只能合樂……

她最後一次出現在他眼前，削瘦地挺立在海邊，她用兩隻手壓住裙襬，按住長髮，無法向他揮別，只凝視著他，點頭又搖頭。海風太強，他幾乎站不穩身子，她卻穩穩地佇立，彷彿她一直就生長在這裡的，一個完全成長的女子。

她的名字叫意婕。

她仍是他二十幾年回憶中唯一的溫柔。

——一九八四．七．《明道文藝》

落紅
不是無情物。

1

靜靜地坐在咖啡廳靠窗的座位，看著夜雨中熙來攘往的人群，杜春泥儼然如一尊雕像，但，她眼中燃著紛亂與激動。時間一分一秒的過去，腕上的手錶明白表示著八點。燕晴知道她的脾氣，和她約會，從不敢遲到。雖然是相交十幾年，不小心遲到了，那怕只遲一分鐘，也要面對她那冰封的冷漠臉色。燕晴一向不敢遲到。

杜春泥低頭，心不在焉地攪動咖啡，那杯早已冷卻的液體，泛著無止盡的黑色漩渦。

燕晴早晨在電話中，柔柔軟軟的話語縈繞耳際：

『沈楚回來了！他回來半個多月了，我本來一直考慮要不要告訴妳……可是，昨天我們聚餐的時候，他問起妳，而且，是大庭廣眾地問……』

沈楚回來了，有一剎那，春泥腦中轟然，分不出是怎樣的心情。他依然那樣優游不迫，坦坦然，大庭廣眾地在許多不相干的人面前問起她。年少時那份喜與恨交織的情緒扯著心臟，他永遠不懂將她珍藏在心靈最深的底部，他問她什麼呢？

『問妳好不好……』

只問好不好，就足夠了。他知道她一向吝於用『好』這個字眼來詮釋生活中一切的事物，於是，飄洋過海的回來，問起她，只一句『好不好』。

『和他見一面吧！』燕晴在那頭勸說：『已經過了這麼多年，妳還會耿耿於懷嗎？』

有一個這樣了解自己的朋友，有時不僅是幸福，也是危險，因爲她不但在適當的時候保護你，也會在必要的時候逼得你走投無路……

『妳不會這麼小心眼，是不是？和他見一面吧！』

她不要見他，不要見沈楚，在這個時候見他，太不堪了。她堅決地不和他見面，說是沒有心情。

『好吧！』燕晴放棄了遊說：

『那……我們也該見見面吧？妳不會連我也不見了？』

春泥驀地停住攪動的小匙，她或許太低估燕晴了，燕晴根本不會來，是的，根本不會來——

她咬咬唇，走向櫃台打電話，只響了兩聲，就傳來溫和的聲音：

『喂？找那位？』

是燕晴！她屏息著，不知道該不該出聲。

『喂？……喂？』燕晴遲疑著，忽然有些心慌：

『怎麼不講話呢？是那一位？』

她掛斷電話，深吸一口氣，燕晴已經知道是『那一位』了。太低估燕晴，是她的疏忽。燕晴不會來了，那麼，今晚來赴約的會是……她的背脊一涼，頓時方寸大亂，連怨懟燕晴的時間都沒有，匆匆忙忙奔回自己的座位，打算拿了外衣就走。她走回座位，低著頭掏鈔票，一邊伸手拿外套，一邊將錢塞在咖啡杯底下。抬起頭，她渾身的血液凝結住，只能怔怔地，全然不知所措的瞪著坐在對面的人。

沈楚已經來了！

服務生正在他面前送上一杯水，彎身問他需要些什麼。他不回答，灼灼燦燦的眼光盯著面色蒼白的春泥。

兩人僵持了一陣，服務生忍不住清清喉嚨，再問一次。沈楚開口了，沉沉穩穩的聲音，卻是向春泥說話：

『可以再坐一會兒嗎？』

其實，春泥並沒有完全聽清他的話，可是，當服務生狐疑的眼光轉過來，她便依順地坐了下來，而且，盡量放鬆自己，靠進椅背。

沈楚鬆了一口氣，帶著抱歉的微笑告訴服務生，他從高雄的會議場趕回來，需要一份西餐。春泥不動聲色的聽著，明瞭他的目的是在解釋自己遲到的原因。他又問她想不想吃點東西？

『不了！』她想說得俐落，卻顯得遲緩：

『我……吃過晚飯了！』

他認眞地看了她一陣，突然蒼涼地笑起來：

『眞抱歉！』

她微愕，不能接腔，卻覺得接受他的道歉十分不妥，全然沒有必要。於是，費力地掙出一句：

『爲什麼道歉？』

話一出口，更是萬分不妥，倒像是在質問，準備聽他懺悔。她不禁暗暗恨自己：杜春泥！妳的自負聰明，犀利辯才，都到那裡去了？

『不速之客，不請自來了！』

他明知道她眞正在意的是什麼，卻巧妙的閃避了。

以前，對於她，他是渾然不覺，束手無策，既無戰術也無戰略。如今，分別五、六年，她的稜角依舊分明；很顯然地，他卻圓融得多了。

『應該說是我的榮幸。』帶著較量的心情，她略誇張地揚起眉，像一道鞭，抽在沈楚頰上：『能單獨和沈博士一道用餐的人，恐怕不多吧？』

沈楚果然焦躁不安起來，他今夜第一次顯出慌張：

『快別這麼說……』

春泥注視他面部表情的變化，心中有絲竊喜，其實，他的改變並不很大。她的心，漸漸穩定下來，有著反敗爲勝的快感。然而，當她的眼光望向窗外的燈火點點，便覺得自己無聊。一天到晚想求勝，卻弄得遍體鱗傷，心力交瘁。到了久別重逢的故人面前，一生之中可能再也不能期求的聚首，竟仍如此斤斤計較？

她的心軟了，望著沈楚，溫柔地問：

『這些年，在國外，一切都好嗎？』

『人離故鄉賤，談不上好不好，只是一心想著拿到學位就回家！現在，總算是如願以償了。』

他回來了，不再走了。她恍惚地想著，怎麼辦呢？然後又想，什麼怎麼辦？他回來了，與妳何干？

『妳呢？好不好？』

她遲疑著，不甘心在他面前說不好，卻又不甘心將這幾年的生活以一個『好』字囊括，因此，她只笑著，沒有回答。

侍者適時地送來麵包和湯，融融的蒜香味飄浮在空氣中。已過了用餐時間，聞到這樣的氣息，有人不禁轉頭探視。春泥隱隱泛起一個微笑，低下頭，她看見放在自己面前的麵包，錯愕地抬起頭。

『記得妳最愛吃蒜麵包！』

沈楚微笑地說，極自然而誠摯。

她毫無準備地怔坐著，當年，他們由郊區的學校到一家著名的西餐廳，只爲了吃香噴噴的蒜麵包，除了麵包，也吃不起別的東西。她的食量不大，卻能吃好幾片，他總是省下自己那一份，讓她吃飽。幾年來，她幾乎忘記了自己曾那樣愛吃蒜麵包；或許是吃什麼都沒有特殊的滋味了。

看見沈楚始終注視著她，於是，她調整坐姿，盡量和悅地將盛麵包的小竹籃推向他：

『我吃過飯了，你吃吧！』

『春泥！』

他突然喚她，與多年前一式一樣的語調，似乎還多加了歎息的意味。

『什麼？』

她立即的反應，也如往昔。

『當年……』

他嘗試完整的敘述或解釋。但，這樣冗長複雜糾纏不清的過程，豈是三言兩語可以說得清的？

春泥全身神經綳緊，聽他提及『當年』，那是個應該明白而不敢碰觸的答案。但，她恨他至今仍欲言又止，反感地蹙起眉，打斷他：

『當年的事就不要再提了。』

拿起面前侍者剛送來的奶茶，她無情無緒地攪動，然後湊至嘴邊。

沉默一旁的沈楚突然說道：

『奶茶最好少喝，傷腸胃。』

春泥停了一會，終於細細啜飲一口，放下杯子。

『妳的胃痛，好了沒有？』

她一楞，僵住了。

她的胃痛一直沒有好，當年，她的胃絞痛，天氣寒冷時尤其厲害。那年隆冬，他們和其他一群人到阿里山玩，在上山的小火車上，因爲胃痛，她縮成一團，吃了藥也全然無效。最後，沈楚脫下自己的厚外套，裹住她，再從她身後摟住她的腰，緊緊護著她的胃，在整個車廂相識與不相識的人面前。在那次以前，別人對他們倆的情意，只在揣想，如今，終於由沈楚明白的表示證實。春泥垂頭貼在他胸前，心中怨怪他的魯莽，卻有更深的甜蜜喜悅，除了他，再沒有別的男子會這樣做了……

思想起那一段，她的心比胃更痛，她的胃痛一直沒有好，怕也好不了了。

『從來沒有檢查過嗎？』沈楚仍關切的詢問：『腸胃病有時候是情緒緊張引起的，不要工作太忙碌……嗯？』

『你爲什麼……』春泥無法抑止地：『爲什麼總是問這些無聊的問題？』

『因爲我關心。』

春泥盯著他看，一面強止住自己激動的顫抖，一面輕輕搖頭。

『我再不走了！可能在中部或者北部教書，還沒有決定。春泥！讓我們重新開始！』

他終於說了『讓我們重新開始』，她暗暗期盼過多少日子的一句話，一旦聽在耳中，仍是驚心動魄，不知身在何方？

她的眼光迅速調向窗外，那些奔馳而過的車燈，織綴出一片迷惘多變的世事人間，而她只是隨時間洪流被沖著向前走，再頑強，似乎也拗不過命運。

命運安排他們分手，再聚首。但，兩人心中的滄桑與距離，卻又有誰替他們安排妥貼？

當年分手，是她無法控制的場面；如今面對面，她對一切仍顯得低能，全然不知所措。

侍者送上正餐，撤下那籃完全冷卻的麵包。

春泥看著麵包被拿走，驀地有些心慌，彷彿被拿走的是一些她最珍貴的東西……去了！再回不來了！只留下惶然與依依。

『春泥！』他喚她，在揚起的煙氣騰騰中凝視。

『你也知道，我並不是你要的那種女子。』

『經過這些年，無論我過那一種方式的生活，都沒有當年與妳在一起快樂！只這一個理由，使我不顧一切，甚至有些不擇手段的……要見妳！』

她緊握雙手，被動地聽他說。卻不知如何讓他明白，她那些缺點依然存在，過度的好強自尊；無法控制的情緒；要求絕對完美的嚴苛；她仍無能成爲一個溫柔的情人！

也許，那段歲月，本來就是年輕、飛揚而璀璨的，並不因爲她。

他活躍在運動場，活躍在社團中，活躍在舞臺上，活躍在眾多女孩流盼的眼眸。

她不禁緩緩搖頭，悲涼地。再美好的歲月，也會成爲過去……

『春泥！』他再喚她。

她一驚，訝異於他明明已在多年前遠走天涯，此刻卻坐在面前，靜靜等她的回答。

遲疑著，她終於開口，唇畔掛一個衰弱的微笑：

『你餓了！先吃完，再談吧！』

沈楚這才正式用餐，一邊輕鬆地與她談起老朋友在國內外的生活景況。

撇開他們自己，聊天的樂趣這才出現。當她不經意地幫他撒放胡椒粉，他忽然抬頭看她，輕輕吟兩句詩：

『落紅不是無情物，化作春泥更護花。』

她唇畔的笑意凝結，轉開頭，才發現餐廳內的燭火早已取代了水晶燈，光閃瑩瑩，跳動的紅焰，把每個人的面頰映得緋紅，雙眸變得璀亮。

此刻，他正向她露齒而笑，而她一揚睫，彷彿又如當年的青春，神采飛揚。

2

春泥躺在床上，翻來覆去，彷彿睡著了，卻清楚地感覺到床榻的冰，棉被的寒，枕頭的僵硬，與因寒冷而幾乎麻痺的雙腳。

她呻吟一聲，睜開眼，聽見黑夜中淅瀝的雨聲，今夜，突然特別寒冷。

掙扎地坐起身子，拉開床頭燈，趿著拖鞋下床，從櫃子裡拿出電毯，插上電，調整好適當的溫度。然後，她坐在床沿上，按摩自己冰涼而失去知覺的雙腳，暈黃的燈光將這十幾坪的小套房籠在溫馨中，但，依稀彷彿總是少些什麼，卻又想不出什麼應當添加的。一般單身女郎少不了飼養個寵物解悶，她一直沒有這個慾望，連自己都照顧不好的人，難免在無意中虐待了小動物，何苦呢？

一瞥見牆角堆積如山的雜誌報紙，她的眉不自覺地聚攏了，這些『廢物』都該清掉了，她對自己說。

自從擔任了總編輯的職務，千斤重擔便卸不下了。除了上班時間的忙碌，任何一份與他們相類型態的刊物，都糾纏在下班以後的時刻裡。

她隨意掠過長髮，蹭蹭拖拖地走向廚房，從玻璃櫃中取出藥瓶，傾出兩顆鎮靜劑，倒了半杯熱水，慵懶地轉身走過小廳，一抬頭，她僵立在兩幅字畫前，久久不能移動。粉白牆上的字畫掛了許多年，她已由習慣其存在，而至於忘記其存在了，而今夜，驀然重逢，又是心驚！

『落紅不是無情物』是右邊一幅，『化作春泥更護花』掛在左邊。豐潤敦厚的顏體字，沒有留念字樣，也沒有落款。

這字雖是沈楚寫的，卻在與她相識以前。

那一次法學院舉行義賣活動，她和燕晴一道去湊熱鬧。琳瑯滿目的陳列品中，她一眼便看中沒有標價的這兩幅字畫，心中有怦然的喜悅。她想，能寫這樣的字，喜愛這兩句詩，必然是個溫柔敦厚的人。她向服務同學說明欲購的意願，他們表示必須向主人徵詢價錢。大家紛紛呼喚『沈楚』，一時之間，整個活動中心都是沈楚——沈楚——

春泥如約地在第二天中午再到義賣場去，因爲，她對那喚沈楚的感到十分好奇。當他拿著那兩幅字，大踏步的向她走來，她簡直不相信，這樣的詩句，與這飛揚的男子，太不諧調了。

『這字——是你寫的？』她蹙眉問，沒有笑意。

『這字——是妳要買？』他盯著她，面色嚴肅。

『是我要買！』她驕傲地抬起頭：『多少錢？』

『哦……』他低頭打開那捲好的字，審視著：『這不一定！如果妳能告訴我，爲什麼喜歡這兩句詩……。』

『我以爲掛在這裡的任何東西都是義賣品……』她的不悅升高了：『既然不一定是，那就算了！』

她準備轉頭走了，忽然迎面走來幾個女同學。

『杜春泥！』她們興奮的嚷叫：『妳買什麼？字畫啊？』

一擁而上，她們圍住沈楚和春泥，七嘴八舌攪和一陣，見沈楚和春泥都不說話，便無趣地散去。

等她們走了，春泥才想到自己早該走的，但，方才的怒氣已散，她向他點點頭表示歉意，卻見他一臉的光采煥發，如獲至寶，露出一口白牙向她笑著：

『妳叫春泥？』

她點頭。

『化作春泥更護花的春泥？眞的叫春泥？』

她再點頭。

他笑起來，開心地笑著：

『天下竟有這麼巧的事！難怪妳會喜歡！送給妳——』

望著他遞上的卷軸，她遲疑著，拗不過他的熱誠，終於接下，然後在捐獻箱中投下一百元，略表心意。

她後來知道他的伯父是書法名家，在伯父嚴格督促下，他和眾兄弟都打下不錯的根基。

那幅字是他三度落榜，服役之前寫下的，據他說，當初見這兩句詩，便有深得我心的傾慕；如同與她初相見。

有一段時間，男孩很流行送小首飾給女友，是『定』的意思。他卻笑著對她說：

『我早就把妳定下來了！』

她有時恨他的篤定，卻又傾心於他的泰然不疑。

『後悔了？』他悠閒地以手臂枕著頭，躺在草坡上，笑意勾得更深：

『誰教妳當初莽莽撞撞接下我的字？』

再沒有人比她那一刻更冷靜，她從那時候就知道，錯過這樣一個男子，今生便注定孤獨了。

一仰頭，她吞下藥片，有些悲壯的意味，或許有一天，當她倦了、累了，應該結束的時候，就這樣一仰頭，吞一瓶或半瓶的藥片……還沒有真的老去，就時常感到索然無味了。

她轉身，梳妝鏡中映著修長窈窕的側影。遲疑著，她緩緩走近，坐下，正對著自己一雙炯炯眼眸。或許不再青春；卻不代表不再美麗。柔和的燈光下，她顯得比平日更婷然美好，如一朵清晨的芙蓉。

她無意識地攏住披散的長髮挽成髻，鏡中人的細白頸項完美的發出象牙白的光芒，微瞇起眼，她想著：今夜應該梳這樣的髮式，早知道沈楚要來的話……。髮髻驀地從手中散落，披掛了一肩，她張口呵氣，使鏡中人朦朧起來。爲什麼不住地想起他？這使她羞於面對自己，明明是已經結束了的。

剛開始相戀是從寒假開始的，直到下學期的暑假，他們的日子像是蜜釀的，因爲他推掉所有必要或不必要的事務與應酬，說是要『歸隱』了。那半年多的時間，他的心裡眼裡全是春泥，只有春泥，春泥的快樂甜蜜，無以名狀。然而暑假結束，再度開學時，拗不過人情，他又走向人群了，或說是走回人群了，那是他們兩人在大學中的最後一年，春泥沒有理由阻止他，卻也無法阻止自己日漸高漲的不耐與嫉妒，尤其，當他竟然遲到與爽約！

春泥不知道別人的愛情是怎樣的？但，她的愛是絕對的自私與完全的佔有。當她全心待他，便容不下他心中有任何人與事。當她喜怒無常，他只束手無策地承受這些折磨，並且一遍遍追問原因，那些原因偏是倔強的她無法啓口的。

那一天，她永遠無法忘記。

原先說好了，沈楚要陪她到火車站去接北上的父親與他新婚不久的夫人。即將出門時，卻接到沈楚的電話，說是有一位同學病了，他答應替人家出賽下午一場校際盃籃球賽。她擎著聽筒，久久不開口。

父母自分居至正式離婚已有十年多了。母親帶著妹妹春波住在美國，在她的記憶中，母親是個雍容、有才幹的女人，並且，與父親相愛。但，他們『不得不』仳離，據父親說，他是不堪那一份完美的愛情，他覺得太累，母親是個焚人的自焚者。春泥並不全然瞭解，只在父親喟嘆她太像母親的時候，她的全身都武裝起來，要拚命做得最好，像是必須補償什麼似的。父親再婚之後，那種微妙的抗衡更明顯。她將近一年不回家，她將與沈楚交往的事透露給父親知道，帶著一股報復的快感。父親果然緊張起來，特地北上一探究竟，囑咐她要帶沈楚一塊兒見面。當時，她幾乎要笑出來了，一切盡如人意……

『春泥！妳聽見了嗎？等我打完球，會到飯店去找你們……』

『沈楚！你不必來了。』

她掛上電話，用力咬住下唇。該死！我再也不要看見你——沈楚呵！我比不上一場球！我將一生的幸福押上了，竟不如一場球賽！算我往昔的心全都白費了——爲什麼？竟然只是一場球賽！

她獨自去車站接父親，安頓他們在下榻的飯店休息。父親一直沒問，卻從她冰封的面容上知道了一切，到底是一手帶大的女兒。

『凡事不要太認眞……』父親終於開口，長嘆一聲：『妳就是太像妳媽了。』

『像媽有什麼不好？』她嚷叫開來。首先被自己的嗓門嚇了一跳，接著便是惡意的發洩：

『媽愛你！媽沒有不忠實！媽媽到現在還是獨身！』

拎起皮包，她奔出房間，一直衝到大街上，才發現自己把一切搞砸了！她從不願在父親面前這樣吼叫，她原是打定主意一輩子不說這些了。然而，卻在最不適宜的此時此刻，她全說了！該死！

抬起頭，她突然攔下一部計程車。我已經把一切都搞亂了，沈楚！你想置身事外嗎？

球場上戰得激烈，場邊擠滿加油的人群。當春泥側身擠到前排時，只剩最後五分鐘。她站在那兒，心臟狂跳，周身泛冷。

滿身大汗奔馳場中的沈楚感應到了春泥，他來不及搜尋，球已到手中，奮身一擲，空心入籃，他大喊一聲：

『春泥！』

他不在乎讓全世界的人知道他心中那個重要的女孩。場邊報以熱烈掌聲。有認得春泥的人，向她投以羨慕的微笑，而她不爲所動，宛如一尊雕像。太遲了，沈楚！

沈楚沒有聽見歡聲鼓動，他感受到的是冷漠的沉寂，來自春泥心底的。他心慌了……直到終場，再沒有投進一球。

他們終於相對了。春泥微仰頭看他，面無表情，眼神如冰。這不是第一次，你遲到，爽約，然而，這一次卻對我太重要了！

『原諒我！春泥！』他說，一臉汗水與灰沙。

我再不要聽你道歉！你贏了一場球，輸掉一個我！我來，只是讓你看看你失去的——

『不要這樣，春泥！跟我說話……』

他伸手拉她，被她甩脫，她轉身走開，他緊追不捨。她愈走愈快，他沉默地，只是跟著。當他跟到她租賃房舍的巷子口，她開始拔足狂奔，迅速打開大門，進了門要反身關上時，他的半個身子已經進來了。不及思慮地，她用力壓住門，壓住他的身體，他痛嚎出聲。春泥打開門推他出去。

『你走！』

她再度關上門，才發現依然夾住他的身子，她因憤怒而加重力量，一邊發狂地大喊：

『你走！你走！我永遠不要看見你——』

沈楚拚命忍住疼痛，仍不免發出呻吟。但他不走！他不要失去她！他要向她解釋，她選擇的卻是暴力，他便無所選擇地，用身體去迎接……他們的纏鬥直到樓上的室友奔來，拉開歇斯底里的春泥，才告結束。

狹小的客廳裡，沈楚坐在每次固定的座位中，垂著頭，不開口。春泥倚窗而立，靜靜地掉淚，她突然明白父親的話，母親呵！我原是與妳同類的人！

轉過頭，望著坐在暈黃中的沈楚——我原深深愛你，結果卻重重傷你——

『你現在知道了……』她的話語帶著濃濃的鼻音，反而有一種溫柔的情調：『我就是這樣的脾氣。你還是走吧！』

他動也不動，像沒聽見她的話。

『去……去找一個……好女孩！溫柔的女孩……』她轉回身，心撕扯著疼痛，哽咽不能成聲……快走吧！我真的要你走——驀地，她的呼吸心跳全部停止，一雙有力的胳臂緊緊環住她的腰，無聲無息地。

『我不要去找！我如果要走，早就走了！春泥……』

他顫慄地吻她，她顫慄地闔上眼，那混合著痛楚與狂熱的愛情……

鏡中的春泥正緊抱著自己的雙臂，一雙眼眸燃燒似的晶亮。她環視室內，感到透骨的寒冷。鑽進溫暖的電毯，心中覺得奇怪，已是那樣久遠的事，竟然絲毫沒有褪色模糊。究竟，是她欠他的？或是他欠她的？到底，這是緣？還是孽？

因為睡眠不足，頭脹著疼，春泥到下午才去上班。

剛接了兩個電話，小妹叩門，說是有人找她。進來的是燕晴，亭亭地，準備迎接一切的站在面前。她有些錯愕，還沒想到應該如何面對這樣的情況。這兩天，什麼都是計畫之外的，而又逃不開。

她等著燕晴開口，燕晴只用似笑非笑的神情靜靜望著她，這樣的目光使她懊惱。

『坐吧！』她說，一句極冷淡而平常的話。

她當然不必表示感激燕晴的安排，然而，卻也不該怨她。

『妳的臉色不太好！』燕晴極小心地：『身子不舒服嗎？』

『阿晴！』春泥坐著，身子傾向燕晴：『妳的丈夫是他的死黨，但，妳總是我的好朋友不是？』

不知怎地，她突然覺得淒惶、酸楚，頓時脆弱無助起來，雙手捧住面頰，掩住雙眼。

『春泥！我是要幫助妳的……』

『幫什麼？』春泥霍然起身，倚著桌子：『當年的事，妳都知道！我與他根本無緣，那個段釆芝才和他郎才女貌！』

『這麼多年了，妳還沒弄明白？段釆芝只是個小插曲！』

『不見得吧？』春泥冷笑：『我看是大變奏呢！』

的確，在春泥的生命中，那是一場風雨大變奏！

如今想來，是從那次籃賽風波開始的。他們『相敬如賓』了一段日子，沈楚更忙碌了，他接下話劇社舞臺劇導演的工作，他的好友都跨刀幫忙，連燕晴也軋上一角。她驟然感到孤寂。同一個校園裡，他們有時竟一個星期見不著一面；她知道他在那裡，只是忍著不去找他，幻想著他見不著她的焦躁不安，然而，他依然的神采飛揚，令她難堪！

儘管偶爾聽見舞臺劇女主角段采芝和導演的流言，但，春泥強制自己不到排戲劇場去。直到那一天，沈楚約她週末下午三點一道去看『阿拉伯的勞倫斯』，他一再強調這部電影對他的重要，說動了對電影沒什麼興趣的她。

爲了等他，她終於來到排戲現場，看見段采芝。她發現自己的一大缺點——低估別人，高估自己——那個段采芝一肩披瀉的長髮，纖穠合度的身材，舉止細緻溫柔，眉目如畫，好一朵『白妝素面碧紗裙』的江岸梨花。她正端坐，仰著臉同身旁站著的沈楚說話。只看沈楚那燦亮的笑容，專注的神態，春泥的心驟然沉到最底、最深。

她揀了個角落的位置坐下，看著舞臺上人影晃動，聽著活動中心人聲嘈雜，時間一分一秒過去……終於，趕不上那場電影了。她仍坐著，直到自己都懷疑這份耐力，然而，她猛地發現自己正在做什麼，她正一寸一寸地，把沈楚從心中剮起，鮮血淋漓地……她坐著，面色蒼白。一切都變得遙遠而不相干……那株江岸梨花仍仰臉與沈楚說話，笑得甜膩，有種女子天生就具有令人難以抗拒的風情與婉媚。

即將畢業，他在校園中攔下她，如今，果是憔悴、疲憊。她不馴地看著他，只要他能解釋，或許……但他沒有，可恨呵！他只是告訴她，他將赴德攻讀。只這一句，徹底與她分手了，一生一世，再不糾纏不清。他熱切盯著她，企盼她有所表示，那怕只是落淚，但她沒有，可恨呵！

你已經獲得全勝了，沈楚！你還想在一無所有的杜春泥身上得到什麼？她高高仰起頭：『好啊！恭喜你了！』

她走開，他也沒攔她。兩人都明白，攔下也是枉然。

『眞的！春泥！妳要相信我。』燕晴仍急切地：『他只是欣賞段采芝。她是那種十足女人味的女人，男人看見她，總是……免不了……』

段采芝？她已經不重要，早就不重要了！

畢了業，春泥便逃難似的逃回南部，那年暑假，妹妹春波正好來臺探親。而她一直懨懨地病著，時時發高燒，天天鬧胃痛，心中清楚地知道，他就要走了。他們在給他餞行吧？那一大群男男女女，獨缺一個她……他終於走了！當晚，她接到燕晴從臺北打來的長途電話。

『他走了！送了一束花給妳！妳什麼時候北上？』
『什麼花？』
『玫瑰、滿天星，還有兩朵蓮花……』
她說過最愛蓮花，因爲那不是一種可買賣、有價錢的花，那是一種必須到它生長的地方去欣賞的花，而且，只能欣賞，無法得到。因此，它是一種最珍貴的花……
『蓮花嗎？』她恍恍然地。怎麼？如今連蓮花都能在市上買到了嗎？
當夜，她狠狠地發高燒，呢呢喃喃地囈語：
『媽媽……爲什麼？我爲什麼……像妳呢？我怎麼辦？媽媽……』
電話鈴突然響起，春泥三言兩語掛斷了，她對燕晴說：『我得出去一趟，不能招待妳了！』
『春泥！』燕晴還想說什麼。
『算了！』春泥拍拍她的肩：『一切都過去了。』
『妳還恨他嗎？』
『誰？沈楚嗎？』她失笑地：『要愛一個人尚且不容易，何況是恨了！……我應該心懷感激的。』
『只是這樣？』

春泥沒有回答，她們相偕走出大廈，開口說話，便見白霧飛升，彷彿每句話都能留下痕跡。

『我們想請你們吃飯！』燕晴鼓足勇氣。

『再說吧！』

春泥揮手幫她攔下一輛計程車，她坐進去，仍探出頭，懇切地說：

『我們都知道，他還愛妳——』

春泥並沒聽得眞切，只微笑地向她揮別，隨意地說著：『知道了，再說吧！』

一縷白霧自她口中升起，纏繞在道旁高聳植物的枝椏上，枝椏尖梢新發的綠芽，正透著早春的訊息。然後，絲絲白霧緩緩散進放晴的天空。

——一九八五．一．《台灣新生報》

儼然記。

1

朋友之間的相交，究竟可以到怎樣地程度？韓芸終於明白了，在她認識岳樊素之後。

幼年時代便遭父母雙亡噩運的樊素，本身就是一篇傳奇。她住在舅舅家，由外婆撫養長大，外婆用盡自己所有的積蓄，供她唸完大學。在她的心裡，只有外婆是需要反哺報恩的唯一親人。過度的恩怨分明，使她顯得冷漠而理智。儘管如此，多年來隱忍的悲苦，卻化爲周身美麗的光華。她的『美麗』雖不是公認的；她的『光華』卻有目共睹。

大學四年，韓芸和樊素是一對形影不離的好友。因住宿而結緣，一住就是四年，也是奇數。到了後來，她們不藉語言，而能明瞭對方的心意。在租賃的小閣樓上，常可以兩杯香茗，微笑對坐一個下午，直到夕陽西沉。雖然一言不發，整顆心都是滿溢的。

大學畢業那年夏天，她們相攜到外雙溪故宮一帶閒逛。坐在一棵崢嶸的樹蔭下，陣陣淡雅的幽香隨風飄來，偶爾，幾朵白色的小花，從眼前滑過，輕悄地跌落在地上，這是個寧靜的下午。

樊素小心翼翼地拾起一朵落花，放在掌中旋視，她讚歎地：

『妳看這花，韓芸！』

韓芸湊近她細白的手，那朵花立在她粉紅色的纖細掌紋中。純白的五個花瓣，籠著一圈鵝黃的色澤，雖是落花，卻不軟弱，顯出一股精神。樊素抬起頭，看那滿樹的花朵，它們一朵一朵獨立綻放，不是一簇一簇熱鬧的依偎，這樣細緻的花朵生長在如此高拔茂密的大樹上，並不多見。

『這是什麼樹呢？開了滿樹的花……』樊素喃喃地。

『這花沒有心呢！』韓芸突然發現，她拾起腳邊其他的落花：

『真的，真的沒有花心，是空的。』

樊素仰面注視花樹，她深吸一口氣：

『看它們，好像是在等待著什麼，等了一世又一世……』她的眼光落在掌中的花朵上，歎息地：

『等得連心都消失了。』

韓芸的心，猛地一縮，突如其來的莫名感動。

樊素的上身傾向韓芸，眼神有些迷茫，她問：

『妳想，世上會不會有一種情緣，經過幾世的等待，只爲了一刻的相遇？』

『瞧！』韓芸憐惜地靠著她：

『妳又來了！』

『我相信這種事……』樊素任意地掠過披肩長髮，半邊臉頰被夕陽映得緋紅，看起來氣色很好，雙眸顯得特別晶亮。斜睨著韓芸，她問：

『妳信嚒？妳不信嚒？』

韓芸不和她辯，只抿嘴微笑。然而，離開的時候，韓芸不經意地回首張望，微風中，每朵花兒都在枝葉中搖盪，恰似一顆顆長久等待而顫抖企盼的心靈。

沒過多久，她認識了一個學植物的男孩，男孩聽了她的描敘之後告訴她，那種開滿花的樹，有一個美得令人神往的名字——木蓮。

畢業以後，韓芸回到東部故鄉，樊素留在臺北。韓芸寫信將『木蓮』的事告訴她，她竟然沒有什麼反應。只因爲突然之間，她跌進了深深的迷惘……

2

記不得這個夢境第一次出現，是什麼時候？

她置身在一座竹林中，碧竹高聳入雲，密密排列著，有輕煙或薄霧籠在眼前，微透著沁膚的涼意，她在林中奔跑，似乎在尋找什麼人；又像是被人追趕，一顆心悽悽惶惶地懸吊著，除了自己的喘息，什麼聲音都聽不見。她困難而費力地邁著步子，常感覺來路被阻了，卻又豁然開通……她一直跑到一道小溪旁，不得不停住，溪水湍急，沒有可以跨越的石塊，也沒有渡船，她極爲不甘的停下來，然後，便清楚地聽見一聲歎息，悠長、緩慢、深沉、男性的嘆息……她醒來，冷汗涔涔，全身毛孔張開，虛弱與迷惘自心底升起，泛漫開來。

一而再，再而三，這樣的夢魘愈來愈令她苦惱，她不知道自己在夢中瘋狂地尋找什麼？她不知道那奇異的歎息代表什麼？她期待入夢，爲的是解開疑團；然而，一次夢醒，便加深一層憂鬱。於是，她在等待的同時，也神經質地帶著恐懼的心情。這個夢打擊了她的自信與高傲，原本拒絕信仰任何宗教的樊素，一臉無助與茫然，找到居住東部鄉下的韓芸。

聽完她的敘述，韓芸也只能坐著，沉浸在不能理解的困惑中。樊素對她說：

『妳以前告訴我，妳家後山有座廟，求神問卦，都很靈的。』

『樊素！妳以前從不相信這些的。』

『現在不同了，我覺得這個夢一定不是無緣無故的，我必須知道其中的奧妙，才能不受它的折磨——』

『好吧!』韓芸勉強帶她出門,但,在感覺中,這樣的夢,總不是吉兆。於是,韓芸叮嚀道:

『但是,也不能太相信……』

老廟祝擎著那支籤,反覆觀看,沉吟良久,然後告訴她們:

『有情無緣嚒,也是枉然……』

『我能見到他嗎?』

廟祝抬起頭望著樊素,鏡片後的瞳仁濛濛地,帶一絲悲憫的意味:

『既是無緣,相見不如不見……』

那夜,樊素從夢中驚叫醒來,韓芸也翻身爬起,就著月光,看見她臉上狼藉的淚痕。她失魂落魄得更厲害,從沒有談過戀愛,而今卻比失戀更嚴重。韓芸爲她擔心,認爲這是過度壓抑自己的結果,幾乎忍不住要勸她去找心理醫生談談。但,她的敏感令韓芸不敢造次。

『我又做夢了……』樊素抽泣地,落淚紛紛:

『差一點就要看見他了,韓芸!妳相信有他嗎?』

韓芸不是不相信,而是情願她不要相信;想起那些對她關愛容忍的男孩,始終得不到她的青睞……韓芸點頭,卻顯得困難勉強。樊素立刻看出韓芸的無奈,閉上眼,不發一言地轉過頭。

樊素在第二天清早離開韓家，韓芸送她到車站。因爲失眠，她們的臉色和精神都不好，彼此也不交談。韓芸靜靜打量樊素，纖弱而凝肅鑄成一種特殊的神韻，薄唇毅然緊抿，透著漠然不可及的悒鬱。曾經，在她們共處的日子裡，挽緊手臂，便有一種親暱得如同姊妹的情感，總以爲未來不可知的歲月，一定可以共度喜悅與憂傷……韓芸的心隱然絞痛，因她對樊素的苦惱，全然地愛莫能助。

火車進站了，樊素提著簡單的行李站起身，韓芸忍不住握她空著的手，急切而不知所云：

『好好的……珍重……。』

她轉臉看著韓芸，搧動睫毛微笑，那笑意融化了冰霜。韓芸最愛看她笑，因她一笑便盡掃眉宇間的輕愁與早經世故的滄桑；她笑起來總像個稚氣的孩子。

3

樊素回到臺北，她生活的地方。白天，她是出版社沉靜的小職員；晚上，她是『萬象劇團』狂熱的演員。從求學時代，她就參加了這個戲劇團體。團長霍天縱是她的戲劇啓蒙老師，她對霍天縱始終保持敬慕與懾服。他們常在一起談人世間的無常，霍天縱開朗達觀，是十丈紅塵中少有的清明者。

這一次，他們策劃演出『杜十娘怒沉百寶箱』，探討人性的軟弱與現實。樊素飾演杜十娘，一位風塵中的俠女，可悲的是以爲脫離了風塵，結果卻陷入泥坑。當樊素全然沉溺其中，便忘記了許多事，她渴盼這種忙碌緊張，那個夢境果然不再出現，一切變得輕淡遙遠……

『我現在逐漸從忙碌中體味到生活的趣味。偶爾，透過車窗看天上遊移的薄雲，那份恬適的心情，簡直就是一種幸福！』她在信中對韓芸說：

『可愛的姥姥每次收到我寄去的錢，總是歡喜得不知如何是好！也不管這是什麼季節，密密地織了毛海毛衣、帽子和圍巾給我寄來！姥姥口述，小表弟執筆的信中，總教我要多多「留意」。我知道她老人家和妳的企盼是一樣的，其實，並不困難，我一定會令妳們滿意的。有時候實在想不通，過去的日子，究竟執著些什麼……』

終於到了演出時候，按照往例，最後一天演出，諸親眾友一定從四面八方趕來捧場。

不知道爲什麼，末場演出，樊素覺得焦躁惶然，心亂如麻，每次下場，她總是狠咬自己塗上艷紅蔻丹的手指，卻怎樣也穩不下來，於是，腦中閃過那個夢境及廟祝的話，難道，在這數以千計的觀眾中，竟隱著一個他？一個不可知的，未曾見的，宿世的情緣？她不知所措，整顆心失去控制的飛揚起來。

謝幕時，她在白衫裙外罩一件猩紅色披風，所有的長髮偏挽了一個鬆鬆的髮髻，斜垂著，臉上的妝褪了一些，紅暈浸在象牙白的肌膚中，整個臉龐透著光采。好友們衝上臺爲她獻花，一連串的擁抱親吻，弄得她有些狼狽，但她不住笑著，這些熱情令她發自心底的愉悅溫暖。她笑著，直到再度落幕，直到一個高大的身影籠住她，一束鮮花送到面前，她必須抬起頭仰視那張面孔，她的心狂跳，雙眸灼灼燦燦，狠狠凝視那張陌生的面孔，友善的微笑……但，面孔是陌生的；微笑也只是友善，她眼眸中的光熱漸漸變爲冷淡的禮貌，含笑點點頭，快步走下舞臺。不是他！她只看一眼就知道不是！

她在臺口被友人圍住，他們要與她合影，告訴她，韓芸也從東部趕來，正伴著行動不便的小雀坐在觀眾席。於是，不及思考地，她被擁簇著爬上層層觀眾席，席間燈光大亮，觀眾差不多盡皆散去。坐在高處的小雀興奮地揮動雙手呼喚樊素。樊素循聲抬頭，然後，驀地怔住，不能舉步——越過小雀與韓芸，她竟然看見，她看見了，在那觀眾席上孑然獨坐……她從不知道世上竟會有如此清澈明亮的眼眸，深幽、沉靜，像一泓潭，緩緩包容她，在其中恣意翻騰。這不只是二十幾年執著的等待；這是一種亙古別離後，剎然重逢的狂喜，卻又如隔千層雲、萬重山的遙遠。

有一刻，她出神地，只能看著那雙溫柔異常的眸子也定定凝視著她。然後，微蹙的眉峰疏散開來，然後，她看見他端正的嘴角，漸漸綻出一個細緻得不可思議的微笑……他看來完全不屬於這個空間，他獨立突出，與人不同……突然，她發現他與眾不同的地方，是頭頂，那光亮無髮的頭頂。他的衣著，一襲金黃色相間的寬大僧袍。他的雙手安放在膝頭，緊密地握著一份演出說明書，封面就是她——玉精神、花容貌的杜十娘！她有一刻的昏眩，彷佛已入他雙掌中，而他仍微笑著，對她專注地微笑，整個人成爲透明的發光體。

樊素就這樣無法遁逃地，混亂虛空的站立。當他大徹大悟，大慈大悲地出現；她卻敷著庸脂俗粉，穿著炫麗戲服，將自己裝裹成俗不可耐的浮華意象。

終於相遇了，卻不在她最美麗、最自在的時刻……。更悲哀的是，即使她再美麗、再自在，到如今，全是枉然呵、枉然。

韓芸轉頭看著那人起身離去，身材高大，眉目疏朗，恍恍然她幾乎不相信這人眞是出家人。韓芸一直未曾察覺那人的存在，直到發現樊素那從未出現過的狂熱眸光，霎時湧起的頰畔緋紅，彷佛時空同住。韓芸一回頭，便見到那襲僧袍，她的心猛地緊縮，這就是歷劫的宿緣嗎？那人邁著步子，穩重而飄然，越過一排排猩紅的座椅，像在林間優游行走，那樣從容不迫。只把眾人喧騰嬉笑當風，於是，寬大的衣袂翩翩，毫不留戀地，一點一點地，隱身在黑暗之中。韓芸輕輕歎息，不知怎地，突然想起夕陽下那一樹輕顫的木蓮花。

4

樊素的改變確是從那夜開始，對往昔無怨；對未來無求，她的大部份彷彿已經結束了。她離開了萬象劇團，無法交代理由，霍天縱也沒有挽留，人世間的無常，他們早就了然於心。

那夜獻花的大男孩何葳，一個世家子弟，開始鍥而不捨的追求。從她初次登臺，他就看見她，年年守著她在臺上的光華，直到第四年，才鼓起勇氣上臺獻花。對這樣一個人，她還能要求什麼呢？

『但是，妳總是不快樂。』何葳盯著她的眼睛，那裡面空空洞洞的。

『你不是我，怎麼知道我不快樂？』樊素搭腔，懶洋洋地。

『妳也不是我，怎麼知道我不知道妳呢？』

『我們要玩莊子和魚的遊戲嗎？』樊素的語氣強硬，何葳便不說話，他們常在語言文字上反覆打轉，卻沒有一點幫助。

樊素給韓芸的信愈來愈短，她寫著：

『何葳不明白，快樂，絕不是爭論就可以得到的。我對他沒有期望與要求；他對我只有一點要求：快樂！』

『告訴我，我應該怎麼做？只要妳說了，我一定做到！』何葳反反覆覆將這樣的話問上好幾遍，直到樊素忍下心來逼他：

『你什麼時候帶我回家？』

這是他的弱點，任何時候都可以將興高采烈變為沮喪氣餒。交往一年半，他從不敢在家人面前引見這個蓬門弱女，舞臺上認識的女孩。在他的印象中，從沒有任何事，不是在家人的安排下進行的。

樊素唇畔浮起一朵溫柔的笑意，心底卻泛著殘忍的快感，她靠近他：

『還沒準備好嗎？』

他突然轉頭看她，雙眸晶亮清朗，嘴角上揚，恢復了自信的堅定，清清楚楚地問：

『妳，準備好了嗎？』

樊素一驚，慌忙地收回目光，這就是『自食惡果』。韓芸好幾次在信中提醒她，她絕非有意置之不理，只是，姥姥企盼得殷切，何葳的柔情又那樣誠摯……

何葳握住她的手，使她面對著他。他眸中的晶亮原來是淚光，她的面容深印在他的淚光中，閃閃爍爍地：

『為了能和妳在一起，什麼樣的刁難險阻，我都不怕！我只要知道一件事……』他深吸一口氣，指向她的心臟，用最溫柔且帶輕顫的聲音問：

『我在那裡面嗎？』

一股惻然的心酸，令她動容。她不回答，只用雙手握住他的手指，憐惜地，貼向面頰。

接下來的半年，樊素與何葳共同努力去克服橫在面前的阻難，那份同甘共苦的患難之情，加深了他兩人的親密關係。在面臨各種挫折時，何葳的耐力與加倍的關愛，一次次軟化樊素。

直到何葳的母親，握著樊素的手，微笑地問：

『你們要先出國？還是先結婚？』

樊素轉頭，看見何葳狂喜的眼神，她悚然而驚——這是她要的嗎？她真的要嗎？

5

出國的手續辦得差不多齊全了，距離行期還有一個月，樊素獨自回到南部的故鄉，她決定好好陪伴外婆一段時間。

欣喜若狂的外婆爲她準備了一屋子的嫁妝，一對鴛鴦繡枕，一副百子圖的被套，全是她老人家一針一線繡出來的。

『從妳滿十八歲那年，我就開始準備，只是，人老了，一年不如一年，繡得愈來愈慢，看都看不清楚了……』外婆呢呢喃喃地說，眼角洋溢著喜悅與幸福。

樊素撫著紅緞子上凸起的各色彩線，翻觔斗的、放爆竹的、踢毽子的、摘花戲雀的小娃娃，金碧輝煌地在陽光中浮動，像個燦亮的夢境，精緻，但不眞實！

一天清晨，樊素經過一宿輾轉，剛剛進入夢鄉，就被外婆搖醒：

『素素！陪姥姥燒香去！』

『待會兒再去嘛……』

『好孩子！姥姥是要替妳求個平安香袋，不管走到那兒，菩薩都會保佑妳……姥姥也……也可以放心了……』說著，老人家哽咽起來。

樊素連忙翻身下床，蓬著頭，白著臉，她說：

『好了！姥姥，我都聽您的。』

這是香火鼎盛的著名廟宇，興建的歷史不長，卻有許多位高僧及外國僧侶。廟門巍峨，庭園中有偌大的放生池，扶疏的花木，依山而建的廟宇佔地相當寬廣。不知是晨霧或是焚香，一進廟門，眼前便飄浮著氤氳煙氣，隨著誦經聲的低迴，樊素心中升起肅穆之情，隱隱地還有一份久別重逢，悲喜交集的情緒，令她不能理解。

她伴著外婆在臺階前焚一炷香，然後，拾級而上，準備進入正殿，心誠意敬的邁著步子。突然，聽見有人喚她：『樊素。』

她略遲疑，繼續向前行，重聽的外婆是什麼都沒聽見。又一次高揚的呼喚響起：

『岳樊素！』

她一轉頭，在崢嶸的龍柱旁，看見霍天縱。

『聽說，妳要結婚了？』

外婆進了正殿，他們在殿外聊天，霍天縱清瘦一些，眼眸更顯得清亮有神。

『先出國，一年以後，再回來結婚。』

『兩年來，都沒見到妳，連公演的時候，也沒妳的消息，倒是……倒是乾乾淨淨！』霍天縱帶著笑意。

『其實，我一直牽掛你們！常常想到劇團的那段日子……』

『我了解，凡是需要用決絕的方式處理的，都是最深刻的——』

他們在一棵大樹旁坐下，夏天的陽光從第一道開始，就是炙熱的。

『一個人，從臺北到這裡來，爲什麼？』樊素問。

『看朋友。』霍天縱深深注視她：

『一個出家人。』

『哦？』樊素感覺細微的汗珠爭先恐後的沁出肌膚。

『他是我遠房的親戚，自小就有慧根，天生的佛門中人！大學畢業以後才出家，年紀輕輕就受到國內外佛學界的重視，可以說是一帆風順，平步青雲！可是，兩年前，不知道爲了什麼，他要求閉關靜修，不與任何人見面，連他的師父，他都不見！』霍天縱自顧的述說。

『不知道是爲什麼嗎？』樊素焦躁地問。

『我現在已經知道了，卻情願自己不知道。』霍天縱蹙眉凝注著樊素，他痛苦的呻吟：

『我眞不敢相信！』

『杜十娘』公演的那天夜晚，他記得自己進入化妝室，一眼看見已經化好妝的樊素，就直覺著不對。酡紅的雙頰，玉雕般的鼻梁，眼梢斜飛入鬢，嫵媚與風情幾乎要從眼底流洩而下了，但，總不像個青樓艷妓；尤其，當她不動不笑，端然獨坐時，簡直有些像蓮花座上的寶相莊嚴。渡人的觀音，渡人的十娘，一時間，連霍天縱也混淆起來。

假若一切都可以預料，就不會鼓勵他去，看那末場演出，三十年來，他原是從不動心的……霍天縱望著蒼白的樊素，不知是悲憫或慶幸，她永遠不會知道的，他以為。

『到底，為什麼？』

『聽說……』霍天縱穩下心情，像在敘說一個故事：

『為了一個女孩，只看了一次——眞令人不敢相信！』

樊素眩然，猛地，身體中有什麼狠狠地被抽離了。她虛弱地仰起頭，頭頂上，一朵一朵白色的小花，開得滿樹，忽然全部脫落，兜頭傾下，她痛楚地驚叫一聲，感覺自己完全被掩埋住。

恍恍然地，她想起韓芸告訴過她，這種失了心的等待，開放滿樹的花，名叫木蓮。

6

樊素抬頭，看見白花花的陽光從葉縫瀉下，卻以為是一樹崩然傾落的木蓮，她昏厥過去。

——他是三十年來從不動心，天生的佛門中人。

——爲了一個女孩，只見過一次，他要求閉關靜修，不見任何人，已經兩年了。

——年紀輕輕就受到國內外佛學界的重視，可以說是一帆風順，平步青雲。卻爲了一個只見一次的女孩，閉關兩年……

樊素開始生病，她不能進食，只不停地嘔吐、休克，醫生檢查不出任何病症。外婆守候在床畔，只能垂淚。樊素睜眼，看見惶急的何葳，出國的日子逼近了。

『怎麼會這樣呢？樊素！到底是爲什麼？』

樊素連牽扯嘴角的氣力都沒有，只有她自己知道『爲什麼』，這場病，該在兩年前來的。

外婆憑著七十幾年的經驗，挺起腰肢爲樊素準備衣物。她慎重地取出那副被套和一對鴛枕，年少時，她爲自己繡成一套嫁妝，中年時，爲女兒準備一套嫁妝，及至暮年，爲外孫女繡成的嫁妝，卻連用也用不上。她想怨卻不知去怨誰！又一次的白髮送黑髮，命運的軌跡深鐫在生命中，一個垂暮老人，又有什麼力量去轉圜呢？

『不會的，姥姥！』

了解了外婆的行爲，何葳嚇得哭出聲來，他死命抱著被套和枕頭，哽咽地哀求：

『不會……不會的，姥姥！求您，不要……她會好的！』

『孩子!是素素……她沒有福分!』

外婆顫抖地拍撫縮在屋角的何葳，落淚紛紛。

樊素，她根本就不要好起來!

老人家看得明白，就像二十年前，樊素的母親，在丈夫意外死亡之後，也是這樣不能吃喝。一模一樣的情景；可怕的是，這一次，老人家連原因都不清楚。

樊素躺著，望著熠熠發亮的被套和枕頭。外婆再一次問：『這些，好不好?』

『好。』

她知道外婆在準備什麼，二十五年前，老人家殷殷切切地接她來到人世，如今，又周周密密地送她走……

她看著那對枕頭，一雙相隨的戲水鴛鴦，突然心動。爲何讓這象徵幸福美滿的珍貴嫁妝，隨自己這薄福之人長埋地下呢?

『姥姥!』她費力地抓住枕角：

『這個，送給韓芸……好不好?』

韓芸，樊素輕喚她的名，應該讓她明瞭自己的執著並非一廂情願。那人身在佛門，整整兩年，默對一爐香，四堵牆，也是一樣的無怨無尤!要讓韓芸知道，她應該知道的。一定要讓她知道。

神奇地，樊素竟然好起來了。

只是，面對著樊素，何葳覺得陌生、冷淡，而又距離遙遠。並沒有失而復得的狂喜，只是小心翼翼的察言觀色：『媽媽說，妳身體不好，就留在這兒休養，等到完全康復了，再到美國來。好嗎？』

『我不想去了，只想好好陪姥姥。』

『爲什麼？我們說好的……』

『對不起，何葳，你不會明白……』她垂下眼睫。

『我是不明白！』何葳瞪大眼睛，不能置信：

『當初費了那麼多心，爲什麼一筆勾銷了？我不明白！那麼，妳告訴我啊！把理由告訴我，讓我明白！』

『何葳！』樊素仍不忍面對他的面紅耳赤，她盡量輕柔：

『你還年輕，可以重新開始……』

『我不要！』何葳跳起來咆哮，他顫抖地：

『這不是開玩笑，樊素！我不要重新開始。妳告訴我，是我不好？』她搖頭。

『是有了第三者？』

連第一者、第二者都弄不清，那來的第三者呢？

『妳懷疑我的愛？妳不喜歡到國外去？害怕和我的家人處不好？還是……』他的聲音暗啞，困難地：

『妳，不想和我在一起？』

『何葳，我們原來就相差懸殊的……你是個好人，樣樣都好，把我忘了！我根本不值得，假如我不能全心全意愛你，就只有離開你，否則，這種不眞誠就是傷害！你是好人，我不要傷害你。我努力過……眞的，我會永遠記得你，記得你……何葳！何葳！何葳……何葳……何……葳……』

何葳的臉埋在手掌中，弓著的背脊痛苦的起伏抽搐。樊素握著他的手臂，雜亂反覆的述說，直到淚水浸透他的衣袖，她呼喚他的名字，直到發不出一點聲音。

7

約好了在臺東車站碰面，韓芸在下車的人群中搜尋，直到樊素已走到面前了，她才認出來，失聲地：

『樊素！怎麼變成這樣？』

大病初癒的樊素，有著空前的蒼白、瘦削，經過一路的折騰，嘴唇泛紫，她費力地微笑：

『我好想妳……』

『想我想成這樣？……妳沒事吧？』

颱風即將到來的夜晚，樊素幽幽地訴說，從頭到尾。然後，她歎息地闔上眼：

『現在，沒事了。』

韓芸仍記得那人的寬大僧袍，行走時的飄然若風，這樣一個人，竟然將自己關在斗室，只爲必須控制那無意被觸動了，便無法平復的心情，日夜承受波濤洶湧的折磨。這不僅是七百多個日子，簡直是七百多場刑罰啊！

『那……何葳呢？』

『他要走了！明天？後天？還是大後天吧？』

『爲什麼，不試著跟他走？』

『不是每件事都可以試一試的……不管走到那裡，結果都是一樣。』

『世上，竟會有這樣的事——』

韓芸想，她假若沒有親眼目睹，是絕不可能相信的。

颱風夾帶著暴雨，韓芸守候在樊素身旁，餵她吃稀飯，然後服下退燒藥。俯在她身邊，對她說：

『好好休養，妳一定、一定要好起來！』

『妳出嫁的時候，我要……當伴娘。』

樊素微笑地說，她在風雨聲中入睡。

狂風暴雨中的訪客，驚動了韓家所有的人，韓芸盯著這高大、陌生的男孩，未經滄桑的面容上有一雙憂傷的眼睛，被風雨吹亂淋濕的短髮貼在額上，他張開口，正要說話，韓芸已忍不住地脫口而出：

『你是何葳？』

何葳原本應該搭乘今天的飛機赴美，因爲颱風，延遲一日，於是，他向外婆打聽到韓芸的住處，千里迢迢冒著風雨趕來。不知是緊張或寒冷，使他輕微地抖瑟。

『我只想再見她一面！』他說。

看他狼狽的模樣，韓芸相信，這一趟跋涉，他必是吃盡苦頭。如果她不是了解樊素，必然會不能諒解；即便是了解樊素，也未免感到惋惜。

『妳是她最好的朋友，能夠告訴我原因嗎？我總不能輸得不明不白，是不是？』何葳捧著一杯熱茶，懇切地請求。韓芸想，告訴他吧！無論他是否相信，告訴他，總是比較公平的。

韓芸敘說，從木蓮花開始，到竹林中煙雲縹緲的夢境，到公演之夜燈火輝煌中隔世的重逢，然後是七百多個日夜獨對寒壁的情僧……

『你能明白嗎？』韓芸問。

何葳扭曲著嘴角，發出嚎叫一樣的笑聲，笑得涕泗橫流。笑聲喑啞，終於只剩下喘息：『我當然明白！第一次看到她的時候，我也認為經過了幾世盼望，而且，我等她……等了六年！』

他抬起被淚水濡濕的臉，因悲愴而變形的面孔，盯著充滿痛惜驚愕的韓芸，哽聲地：『妳能明白嗎？』

韓芸本來以為自己完全明白的，此刻卻又昏亂起來。兩年的閉關不出；六年的漫長等待，樊素究竟是幸？還是不幸？

樊素退了燒，睡得舒適一些，或許是藥劑中的鎮靜作用發揮了功用，韓芸伴著何葳站在床畔，長久的凝望，樊素仍是渾然未覺。

何葳屏息看著樊素，她蓋著薄毯，安詳地舒眉睡著，像個孩子，彷彿生命中從沒有什麼不幸發生，她的嘴角，甚至隱隱上揚著，牽動一個愉快的秘密。何葳心中酸楚感動，禁不住跪在她的床畔，他鮮黃色的擋風夾克，發出一陣窸窣的響聲。

樊素恍惚中睜開眼，看見枕畔向她俯視的人，她心中一驚，然後，化為溫柔的喜悅，明知是夢，能來入夢也就求之不得了。仍是兩年前相同的模樣，金黃色相間的僧袍，疎朗的眉目，無須言語便能了然的微笑……然後，她聽見一個遙遠的聲音，或者，是發自他心底的聲音。因他始終沒有開口，只用那足以令人心碎的眼神，溫柔地凝視她。

『是我修得不夠，今生只得相遇，不能相守……求來生吧！只有，求來生了！』

樊素微笑地望著他，聽見這樣的話，竟也不覺悲傷憾恨。還有來生呵，當來生再相逢，他們仍能在芸芸眾生中，一眼便看見對方的滿身光華。

——一九八四．十一．《明道文藝》

一九九四．十一．刪修定稿

永恆的羽翼。

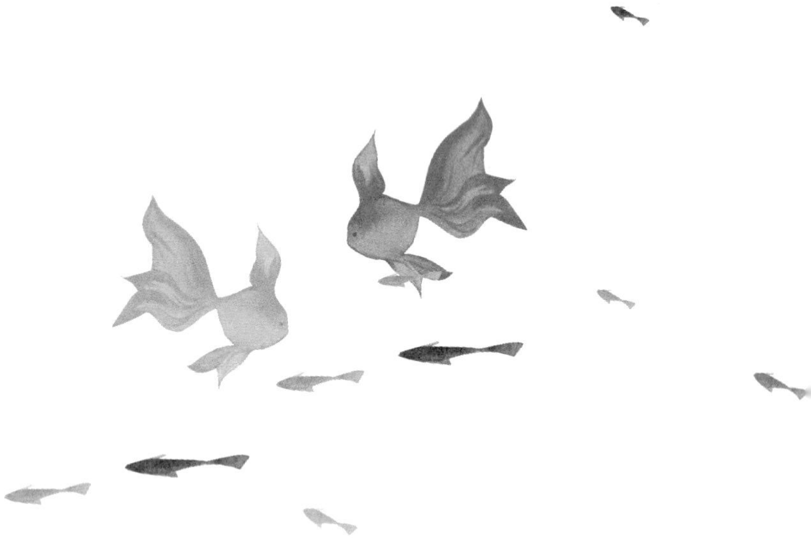

1

李慕雲攪動著咖啡，凝視那迴旋著的黑色液體，面前濃眉大眼的慕風終於說出了他的請求：『姊！姊夫！我希望你們接爸爸一塊兒住！』慕雲停住手，迅速抬起眼睛，而慕風更快的垂下眼皮，避開姊姊的眼光，搓著自己的雙手，他不安而愧疚地說：

『這是不得已的！我怕爸沒法適應美國的生活，到時候，又沒有人能照顧他老人家……』

『小風！』慕雲打斷他的話：

『這些都不是理由，你早跟爸爸說好了。爸爲了跟你到國外去，甚至賣掉了一輩子辛苦僅存的房子！你……怎麼跟他交代？』

慕風支住額頭，蹙起眉，晶瑩的淚在眼中打轉。慕雲掉過頭不看他，苦惱而習慣性的掠過長髮，望向身旁的丈夫，淮舟正重新點起一支煙。

慕雲想起父親與弟弟計畫赴美時的興奮神情和語氣：『眞是做夢也沒想到！三十年前人家給我算命，說我有出國命，我直說下輩子嘍！沒想到眞能出去開開洋葷，都虧了我的好兒女！』他對賣房子資助慕風出國的事隻字不提。

『我知道！我對不起爸爸！但是，姊——卿卿說她不會侍候人，尤其是老年人……』

慕雲發出冷笑：『她自己難道沒有父母？』

『有啊！可是，那不一樣……』

『有什麼不一樣？他們有錢，我們爸爸窮，是不是？』

『妳怎麼這樣說卿卿？她不是這種嫌貧愛富的人，否則，我不會娶她！』慕風的臉色變了，他望著慕雲，繼續說：

『我不能忍受任何人批評我的未婚妻！』

慕雲正要發火，桌枱下淮舟的手握住她的，輕輕捏了捏。於是，她不再言語，只用另一隻手掠過髮絲。

慕風將雙手交疊在胸前，平靜的說：

『爸爸是妳和我的，我們共有的。我不勉強妳答應，必要的時候，我還是會帶著爸爸走，不會給妳添麻煩。』

慕雲猛然一震，多年以前，曾有一個小女孩和小男孩爲了爭著奉養父親而吵鬧。如今，卻恨不得把這份責任推得愈遠愈好——這，是怎麼回事呢？慕風的聲音又響起來：

『不管怎麼說，妳到底是出嫁的女兒！』

『女兒怎麼樣？』慕雲突然激動起來：

『難道出嫁了，就不要爸爸了？』

『我是怕妳……』慕風的眼光掠過淮舟而後垂下：『不太方便！』

慕雲又是一窒，的確，淮舟是個標準的好女婿，但，女婿到底不是兒子。她不知所措了，甚至不敢看淮舟的表情。

淮舟開了口了：

『你們的爸爸，我也叫他「爸爸」！』他擰熄了香煙，帶著一抹笑意，輕描淡寫的說：

『所以，奉養爸爸是應該的。』他的眼光凝注在妻子臉上，那張因感動與深情而益發動人的臉上，輕聲問：

『妳說，是不是？』

深夜李慕雲和慕風送走最後一批前來祝壽的客人，關上大門，姊弟倆佇立在小庭園中，仍可聽見父親與淮舟的談笑聲。

『一定要今天告訴他嗎？』慕雲的雙眼望向亮著燈光的客廳，她軟弱的問。

『姊！』慕風用更無助的神情要求著：

『求妳告訴他……』

慕雲搖頭，她輕聲說道：

『我說過，你自己告訴他，我只在必要的時候……幫忙。』

廳中，高燒的紅燭與懸掛的壽幛，愈發顯得喜氣洋洋。父親坐在慕雲夫婦送的新搖椅上，滿足、愉快的前後搖擺著。六十歲的壽誕，一整天屋裡都是前來祝賀的親友，眞心欽羡李老先生，獨立撫養子女成人，而今，女兒出閣，嫁的是位年輕工程師，兒子已完成醫學教育，即將應聘出國，並且，還要帶著老人家出國享福呢！

父親唇邊有一抹笑意，和一種陶醉的微醺。坐在一邊的淮舟，見到慕雲進來，示意她坐在自己身邊。父親看著他們，忍不住笑著問：

『柳先生、柳太太！我什麼時候可以抱外孫哪？』

淮舟握住慕雲的手，對父親道：

『我們正在努力呢！爸爸！』

『要快呀！』父親望著慕雲說：『結婚都三年啦！』

慕風端來一杯熱茶，交給父親。父親接過來，仍帶著濃濃的喜悅：

『小風！咱們那個護照、簽證什麼，亂七八糟的東西都弄好了沒有？要快點辦！別拖過了時間，不但自己麻煩，對咱們親家公也失面子！』

慕風抬頭，懊喪的望了父親一眼，沒有開口，慕雲與淮舟對望一眼，她知道，該來的，到底要來。

『怎麼啦？小風，怎麼回事？』父親察覺了大家的神色，他的笑容也隱逸了。

『爸！』慕風抬起頭，眼睛發紅鼻頭也紅。

『爸……對不起！我沒辦您的出國手續！』

『爲……爲什麼？我……我不能出國？』父親挺直背脊，他睜大了眼，喘息，焦急而不能置信的問。

『不是不能，只是，我怕沒法子照顧您！』

『我不要……不要人照顧的……』父親抬起手，那語氣和眼神都是乞求的：『而且，我……我把房子都賣掉了！』

『爸爸！』隨著這聲啜泣，慕風筆直的跪在父親的腳前：

『我對不起您，爸爸！您先和姊姊住一陣子，他們會照顧您，等我在美國都安頓好了，一定把您接去——』

突然間，父親低垂了頭，佝僂了背，不發一言，也不移動，只在那一瞬間，完全僵化了。空氣中只斷續傳來慕風的哭聲，充滿愧意與莫可奈何的哭聲。

慕雲站起身，她走向父親，用手臂溫柔的攬住父親的肩膀，眼前由清晰而模糊，再轉變爲清晰。她強笑地說：『爸！您來我們家住吧！我和淮舟一定會好好孝敬您的，好不好？』

父親不語，他腦後花白的頭髮突然對慕雲形成強烈的刺激——爸爸老了！老了！前半個小時，他還神采奕奕，如今，就如此蒼老而憔悴了。

『爸——』她的喚聲哽住，大顆的淚珠滾落面頰。

『爸爸！您說話啊！您說啊！求求您！』慕風搖撼父親的雙腿，大聲地嚷著：

『如果您不願意，那我也不去美國了，我陪著您……』

『不要！』父親如雷的，突如其來的爆發了，慕雲姊弟嚇得同時放開手。父親站起身，將手中的杯子放下，一邊朝自己房中走去，一邊用平靜的聲音說著：

『不要管我……我以前沒兒沒女，也活得很好，誰……誰都不要管我。』

『爸爸！跟我們住吧！』慕雲要求著。

父親沒回頭，仍是堅決地回答：

『不要！』

慕雲追上兩步，她繼續道：

『可是，房子也賣了，您要不和我們住，怎麼辦呢？』

父親在高燒著紅燭的桌案前停下，他似乎在思索，又像在發獃，過了一會兒，才輕輕吹熄了燭火，微弱而疲倦地說：『我好……好累，先去睡了。』

慕風送慕雲夫婦出了門，他站在門口，帶著濃濃的鼻音說：『姊！姊夫！謝謝你們。』頓了頓，他又說。

『還有……爸爸的錢，等我安頓好，就還給他。』

慕雲的眉頭緊結起來，她掠過長髮，望向比她小兩歲的弟弟，那始終長不大的弟弟，再回想起父親衰弱、疲憊的背影，一股哀戚的情緒爬上心頭。

『我想，這些對爸都不重要了！』她說著，一絲冷澀的、酸楚的笑意在嘴角牽動。

『眞的……都不重要了。』她重複地說。

2

慕風走後，父親變了。他沉默得多，也委靡得多，慕雲住的是公寓，沒有庭院，父親只有站在落地窗前望著遙遠的陽光出神。白天，慕雲夫婦都上班，爲父親準備好午餐放在保溫鍋裡，而晚上回到家，那些飯菜常文風未動的擱在鍋中。父親的理由不是睡過頭，就是根本不餓。

父親的確是寂寞的，除了看慕風寄來的信和相片，回信更佔去許多時間。但，其餘更多的時間，他只能在附近散散步。老鄰居、老朋友，都不是他樂意見到的。因爲要讓人相信——並非他被兒子拋下，而是他不想出國——是件困難的事！

『爸！』慕雲常在夜深時，走進父親房中，對尚未入睡的父親道：

『眞抱歉！我和淮舟都太忙，沒時間陪您，等這陣子過了，我一定多陪陪您！』

父親只拍著她的手，露出諒解安慰的笑。望著那笑，她覺得迷惑，年輕時父親身兼數職，除了上班，做家事，還要照顧兩個稚齡的孩子。但，他做得那樣認眞，那樣完美而愉快！爲什麼她就不能呢？

父親突然染上失眠的毛病，冬夜，他孤獨的坐在客廳裡，慕雲做完家事，她在父親身邊坐下。

『爸！你前幾個晚上都沒睡好，今天早點睡吧！』

『妳去睡吧！我……睡不著。』父親握著她的手，沒有鬆開的意思。她只好和父親閒聊，眼看壁上的時鐘指到十二點，眼皮再也撐不開了，呵欠一個接著一個。

『爸！』她不得不打斷一天中和父親相處的唯一一個小時：『我得睡了，明天還要上班，您也休息吧！』

當她回臥室，淮舟已躺進溫暖被窩，望著她似笑非笑的說：

『我當妳今夜不睡了！』

她累得筋疲力盡，爬進被窩，淮舟又說了些什麼，她已聽不清，也應不出了。

第二天下班，淮舟在車中等她，看起來愉快而有神，衝著她笑：

『雲！今天晚上好好狂歡一場，咱們先去吃飯，然後看電影，最後去跳舞！』

慕雲悄悄打個呵欠，她睜大眼睛望著興高采烈的丈夫。

『怎麼回事？』她問：『我們去狂歡，爸爸怎麼辦？』

『放心！我安排好了，打電話請爸爸自己到巷口那家新開的餃子館去吃餃子，我們回家的時候，再給他帶點吃的回去，不就結了？』淮舟輕觸她削瘦的面頰，溫存的說：

『我看妳快累壞了，我實在不忍心──再說，今天是好日子，值得慶祝的。』

慕雲發出一聲低喊，她驀地坐直身子，千萬個抱歉的攀住淮舟的胳臂，嚷嚷著：

『我們的結婚紀念日，你怎麼不早點提醒我！害我忘掉了！……對不起，我……我不是故意的……』

『我以爲……』淮舟慢條斯理的說：『結婚紀念日都是妻子提醒丈夫的。』

慕雲的纖手握成拳，結實的捶上淮舟，她又笑又氣：

『好啊！你這個得理不饒人的——』

回到家已是深夜十一點半了。他們輕手輕腳開了門，淮舟口渴，先進廚房喝水，慕雲把帶回來的點心擱在桌上，打算看看父親睡著了沒有，淮舟突然從廚房衝出來，拉著她往廚房走，拉開冰箱門，一個龐大的生日蛋糕盒使她楞住了，此外，還有好幾個燒好的菜，茄子燜肉、紅燒鯉魚、開陽白菜，還有淮舟最喜歡吃的素炒大燴——都是父親燒的，她全身都被定住了。淮舟拿出蛋糕盒，掀開盒蓋，是十二吋的鮮奶油蛋糕，慕雲最愛吃的，上面寫著：

『祝淮舟小雲

白頭偕老

永浴愛河

爸爸賀』

怔怔望著，慕雲張開嘴而發不出一絲聲音，她轉身奔向父親房間，推開門，父親正坐在床上，坐在黑暗中。她扭亮燈，在父親還未能適應突來的光亮時，已撲進父親懷裡，像個小女孩似的哭起來。父親摟住她，撫她的頭髮，拍她的背，她好容易止住哭泣，抬起頭望著父親，父親的雙眼閃著晶瑩的光亮，臉上卻帶著溫暖的笑。

『爸！』她哽咽的說：『謝謝您！謝謝您！』

她和父親說了一些話，然後替他蓋好被子，道了晚安。走到門口熄燈後，聽見父親在黑暗中問：

『小雲！今天快樂嗎？』

『我很快樂！爸爸！』

她在黑暗中回答。

回到臥房，淮舟正從浴室出來，口中啣著一支煙，慕雲盯著他，沒好氣的：

『我說過，要抽煙到浴室去！』

淮舟笑起來，把香煙拿在手中：

『妳要洗澡了，允許我在裡面抽煙嗎？』他說著握她的手臂，慕雲閃身甩開了，淮舟意外的揚起眉：

『怎麼了？』

『怎麼了？』她反問，盡量壓低嗓子嚷：

『我們狂歡了一夜，你知道，爸爸什麼都沒吃！他餓了一天——』

淮舟按熄了煙，他雙手抱臂，望著憤怒的妻子問：

『這是我的錯嗎？』

『你為什麼瞞著我？不告訴我爸爸苦心安排的這些？』

『我怎麼知道？我打電話回來，爸爸什麼都沒有說，能怪我嗎？』

慕雲無言以對。過了一會兒，才又掙出：

『爸爸什麼都沒有吃！』

淮舟莫可奈何的仰起頭，望著天花板：

『他自己不肯吃，也要我負責嗎？』

慕雲猛抬起頭，冷冷的盯著淮舟：『爸爸是我的，不必任何人負責，我自己負責！』

說完，她進浴室用力關上門。立在熱氣薰成白濛濛一片的鏡子前，心臟狂跳，全身顫抖……慕雲有些弄不清，到底發生了什麼事？她說了什麼？淮舟又說了什麼？今天——是結婚紀念日啊！

她在浴室待了半個小時，洗淨了臉，熱敷了眼，心情平靜許多才走進臥室，床頭的小燈散發著暈黃的光芒，籠罩著整個房間。慕雲掀開棉被鑽進去，淮舟背向她動也不動，她抱歉的嘆口氣，伸出手去熄燈，淮舟的手突然而迅速的握住她的手腕，在她還未回神時，他低沉的說：

『關燈以前，先接受我的道歉！』

一陣酸楚的柔情升起，她反身俯進他懷裡，低聲呢喃：

『該道歉的是我，不是你。我脾氣壞，無理取鬧……其實，你願意收容爸爸，就是對我的恩惠了……』

『傻雲雲！』淮舟愛寵的攬緊她：

『這是什麼話？諷刺我？……當年要不是爸爸，恐怕妳不會那麼容易嫁給我的。只是，有時候，我覺得擁有妳的時間太少了……』

慕雲笑出聲，她抬起頭，愛嬌的睨著淮舟：

『有跟岳父大人吃醋的女婿嗎？』

淮舟熄了燈，他帶著笑，貼著慕雲的面頰說：

『有！我就是。』

3

歲入隆冬，父親患了感冒，夜裡咳得尤其厲害。慕雲常被父親的劇咳吵醒，她起初尚能起來看看，一個星期後，便心有餘而力不足了。

深夜，父親不停的咳嗽，像要把肺震出血來，她困難的掙扎起身，來到父親房裡。

『爸爸……』她倚在門邊喚。

父親扭亮電燈，她嚇了一跳，那是——那是父親嗎？發黃而憔悴凹陷的面頰，無神的眼中有淚，眼眶一片黑，他顫抖的望向慕雲。

『妳……妳也不管我了？不理我了？』

『不是！爸……我……』她心虛的分辯，想上前卻難移動。

父親似哭似笑的：

『養兒育女……養兒育女有什麼用？有什麼用啊？』他嘶啞地喊，一邊掙著身子要下床。翻個身，眼看就要摔下來了，慕雲張大口不能喊，用盡全身的氣力也不能向前，冷汗涔涔流下，眼看父親摔下床了——『砰』地一聲巨響。

猛地一震，她彈起身子，睜開眼，剛意識到這是夢，只是一場噩夢。身邊的淮舟突然坐起身子，他驚惶的問：『什麼聲音？』

是父親！他起來上廁所，不慎摔倒了。扶起削瘦狼狽的老父，夢中的情景依舊鮮明，慕雲心中一陣酸楚。

『以後上廁所，一定叫我起來，嗯？』她對父親說。

但，慕雲從沒有起床，她不知道是父親根本沒叫她？或是她沉睡而沒有聽見？

淮舟八歲的小侄兒彬彬，是柳家的常客，他和慕雲特別投緣，同時李老先生也喜歡他，學校放寒假，淮舟接這孩子來住，一老一小正好作伴。白天一同上市場買菜，吃過午飯去看電影，打電動玩具，晚上爺倆睡在一起，父親白天活動得多，夜裡幾乎可以不吃藥就入睡了。

是個週日清晨，氣溫出奇的低，慕雲被自己冰涼麻木的雙腳凍醒了，她模糊中聽見後陽台有沖水洗刷的聲音，睜大了眼，天，剛濛濛的亮，那陣聲響清晰的傳來。她披衣下床，打開房門朝外走，單薄的衣裳無法禦寒，她輕顫著，碎步向後陽台的紗門跑去，在那兒，她看見彬彬，穿著睡衣，披著外套站在門內朝外張望。

『彬彬——』她喚著：『你幹嘛？這麼冷……』說著推開紗門，卻看見父親，披著泛白的藍色舊棉襖，正費力的沖洗著什麼，雙手忙碌的在水池中翻攪。

『爸！您洗什麼？』

父親沒有回答，頭也不回的用力搓洗。她以爲父親開著水龍頭，那嘩啦啦的水聲，掩蓋了她的問話。她赤腳踩在磁磚地上，那冰涼透心令她不能自制的顫抖著，她一邊朝父親走去，一邊提高聲音說：

『爸！您洗什麼？床單？還是被子？我前幾天才給您洗乾淨的，爲什麼……』

『不要管我——』父親一聲震耳的吼叫驚住慕雲，記不得有多少年，父親沒發過脾氣，而此時，他就像一頭盛怒的獅子，頭上、手上、袖上都是泡沫，轉過身對著慕雲，他吼叫：

『妳走開——不要管我！走啊！走——』他揮動雙手喊著。慕雲驚惶不知所措，她下意識的退到門邊，無助的喚：

『爸爸……』

『走！妳——走——』父親嘶聲地喊，一邊回過身子。

慕雲逃似的拉開紗門，她不明白到底怎麼回事？站在那兒，害怕又寒冷，牙齒格格作響，身邊的彬彬拉住她冰涼的手。

『小嬸嬸……』他輕聲而神秘的說：

『李爺爺尿床了。』

一陣熱血湧上腦門，她好容易站穩身子。父親——父親竟然尿床了——

她望向父親，佝僂、頹喪而消瘦的背影，那陳舊的棉襖，在寒風中微顫。淚水迅速湧進眼眶，她用力咬住唇，返身向臥房跑。

淮舟正走出房門，他剛好接住向他衝來的慕雲。

『發生了什麼事？怎麼了？』

慕雲倒在他懷中只能哭泣，她費了許多氣力，才能完整的吐出一句——

『他——尿床了！』

然而這好像只是個開始，一個星期中，慕雲又為父親洗了三次被單。

『怎麼辦？』她一籌莫展：『我是不是該帶他去看醫生呢？』

淮舟猛吸一口煙，將煙圈吐向天花板，低聲說：『我會有法子的。』

第二天，淮舟買了一個尿桶回來，睡覺前，他把新尿桶提進父親房中，放在牆角，然後微笑地說：

『爸爸！以後夜裡方便，就用這個吧！省得跑那麼遠。現在天氣冷，容易著涼的。』

父親不語，只低頭望著尿桶，像是抬不起頭來。慕雲站在淮舟身後，她想上前說幾句話，但，淮舟有意擋著她。

兩人回到書房，望著整理書桌的淮舟，慕雲幽幽的嘆了口氣：

『我覺得有些殘忍，這樣做是不是不應該？爸爸看起來好像不太高興。我……我好像太不孝了！』

她說著，接觸到淮舟的眼神，那冷漠的、陌生的眼神令她驚悸。怎麼了？他怨她？怪她了？她茫然的，委屈的住了口。

淮舟收回目光，把一疊書放進書架，背對著慕雲時，他平平淡淡的說：

『我昨天去信給慕風了——關於爸爸的事——看他回信怎麼說。』

慕雲站立著，覺得心中突然被挖去一塊，空洞得著慌。一種莫名的不安與恐懼，在一刹那間，壓得她無法喘息。

4

父親在第五天夜裡打翻了尿桶，弄濕了房裡的地毯，整個家裡都是尿騷味。慕雲聽著父親的申辯，忍住欲嘔的感覺，一言不發的收拾著。

當她累得筋疲力盡回到臥室，淮舟正等著她。望著她把自己抛在床上，他的聲音冷冰冰的響起：

『他是故意的！』

慕雲沒有說話，只蹙了蹙眉，轉開臉。

『我說他——是故意的！』淮舟提高了聲音說。慕雲轉回臉，忍耐的問：

『故意的又怎樣？』

『那就太過分了，他分明是和我作對！』

『與你無關！』慕雲跳起來，直望向淮舟：

『他即使要作對，也是和我，與你一點關係都沒有！我說過——他是我爸爸！我的爸爸！』

『妳又來了！』淮舟氣惱又無奈的：

『我買尿桶是為妳好！難道又錯了？』

一股無名的怒火，從慕雲的胸腔中燃燒起來，她氣得顫抖：『你沒有錯！永遠沒錯！最會出主意，出的全是好主意——最好的主意！你了不起！』

淮舟站起身，他緊結眉頭，望著慕雲道：

『妳變了！慕雲……變得蠻不講理、無理取鬧！簡直是——莫名其妙！』

慕雲重重的甩過長髮，發出一聲冷笑：

『形容詞好豐富啊！可惜你沒弄明白，我沒變！從一開始就是蠻不講理的！』

『妳不是——』淮舟搖頭。

『我是！我是！我就是——』慕雲赤腳散髮，一步步逼向淮舟，高高抬起下巴，她問：

『你爲什麼娶我這個蠻不講理的女人？爲什麼？』淮舟仔細的，深注的望著她，從頭望到腳，而後，他堅定的，不急不緩的說：

『因爲——我愛妳！那時的妳，溫柔、可愛，有思想、有感情——』他的聲音哽住，撇開頭，從她身邊繞過，打開房門出去了。

慕雲聽著他的腳步走遠，然後是大門重重的關上。她虛脫般的順著牆滑坐在地上，把頭擱在膝上，疲倦而痛楚的閉上眼……淮舟的神情和話語如鼓般敲在腦中，到底，是她傷害了他？還是他傷害了她？結婚三年多，他們偶爾也拌嘴鬧意見，但，不管誰是誰非，投降陪罪的永遠是淮舟，這一回，他竟絕袂而去，他竟說她變了！到底，是誰變了？

突然，慕雲發覺自己流淚了……她懊悔、恐懼，她眞的害怕失去淮舟。爲什麼最近他們總要口角？爲了父親？還是淮舟變了心？——不！不會的！他不輕意示愛，而方才，他還清楚明白的說愛她——慕雲拭去淚，那麼，是她自己的問題了。最近，她常覺得煩躁不安，頭暈眼花，或許，她是太累了。工作加上家庭，著實令她不勝負荷。怎麼辦呢？辭職吧！她告訴自己。

她可以失去一份好工作，但，絕不能失去淮舟和父親！這兩個她最愛的人。

將近十二點時，她走進淮舟辦公的大樓。今天的問題，今天解決——是他們夫妻的約定。恰是週末，她向公司請了假，刻意妝扮之後來找淮舟，她要他不後悔自己的婚姻，她要他知道她依舊是溫柔可愛的。

電梯門徐徐打開，門外有一群人在等待，她正打算出去，一抬頭，淮舟也在那兒。她在心中全無準備的情況下，不知所措的呆站著。

淮舟看見她，露出驚異、感動的複雜神情。人們一擁而入，把淮舟和慕雲擠到一塊，慕雲聽見心臟的狂跳聲，不知怎地有些呼吸困難。

淮舟的手悄悄的、緊緊的握住她冰涼的手，沒望向她，卻握得那麼緊，弄得她有些疼。她不掙動，只輕悄的貼近他。隨著他望那電梯上跳動的號碼——10、9、8、7、6——一陣熱熱的暖流向眼裡漫流——5、4、3、2、1——她知道，事情總算過去了。

5

慕雲陪父親去看病，父親又瘦了，醫生換了一種安眠藥給他吃，並交代慕雲保管那瓶藥。

『每晚只給他一顆，頂多兩顆。要記住——絕不要超過安全量，否則會有危險！』

陳醫生與李家相識十餘年，當慕雲把父親尿床的事悄悄告訴他時，他說：

『老人和小孩一樣，常需要別人注意和照顧。妳白天上班，晚上陪他的時間也有限。加上慕風的事，他覺得寂寞、恐懼，最主要是缺乏信心、沒有安全感。』

慕雲考慮了兩天，她終於決定辭職。

從結婚開始，淮舟就一直建議她辭職，專心做個『賢妻良母』。可是，當她把辭職的理由告訴淮舟時，他只是淡淡的笑著說：

『隨妳啊！我沒有什麼意見。』

她沒有心思去分析淮舟的不置可否，家庭主婦的生活開始了。

奇怪的是，她並不覺得輕鬆，很多事都不順手，更容易疲倦與勞累。家中的氣氛始終很低沉，慕風整整一個半月沒有來信，父親可以整天不說一句話。

一月底，劉揚斌的出現掀起軒然大波。八年前，他在慕雲心底曾佔著非比尋常的份量。那桀驁不馴的眉眼、跋扈的神采、高挺健康的身材、昂首闊步的神態，他一直自信、她也始終相信——他會有出息的。只是，他不適於安定，他有雲遊四海的志向，於是，匆匆聚散，只成為年輕而瑰麗的回憶。

如今，劉揚斌擁有具規模的農場。在一次偶然中，他遇見李老先生，他熱誠的款待，眞摯的情誼，令他們兩人成為忘年之交。從父親口中，慕雲知道他竟然仍是獨身。

這是個不小的震撼，對父親、對慕雲及淮舟，形成了不同的意義。

新年到了。淮舟原本要安排一次旅行，但，父親堅持不肯同行，只得作罷。年初一中午，劉揚斌約父親和慕雲夫婦到農場去玩，淮舟堅持不肯同行。慕雲悄悄勸他：

『淮舟！你這是何必呢？大過年的，不要這麼彆扭嘛！』

『妳去妳的！父女兩人加上一個「老朋友」，不是正好嗎？』

『淮舟！我不懂你說這話的意思……』慕雲板起了臉。

『好了！』淮舟揮手止住她：

『我什麼意思也沒有。只是——我不去。』

父親輕叩他們的房門，說他要走了。慕雲忙出來送父親，她左右為難，但，父親像毫不介意，囑咐他們出去玩玩，不要待在家裡。

屋裡只剩下他們兩人，淮舟從房裡踱出來，他陪著笑對悶坐沙發上的慕雲道：

『換件衣裳，妳想到那裡去？我奉陪！』

『不用了！』慕雲隨便抓起一本雜誌，胡亂翻著：

『我那裡都不想去。』
『今天是新年耶！』淮舟忍耐而壓抑的。
『你去你的啊！一個人不是很自在嗎？』
『搞什麼？』淮舟劈手把她的雜誌搶過來，他低吼著：
『妳到底想怎麼樣？』
慕雲用力咬住嘴唇，她明澈的眼瞪視著淮舟，一言不發，最後，淮舟終於漸漸融化在她眸中積聚的淚水裡。他深深的嘆氣，輕輕拉她起來。
『我不知道是怎麼回事？雲！我想，我是嫉妒！可是，嫉妒什麼呢？』
慕雲將臉貼上他的胸膛，聽見他沉重的心跳，她哽咽的說：『淮舟！答應我，不要再吵架了。我們永遠不要再吵架。』
淮舟點頭，他疼惜的攬住慕雲，對她呢喃著：『不吵！不吵……永遠不吵……』
慕風來信了，他決定在美國定居，並且再過三個月，就要和卿卿結婚，信尾，他寫著：
『幾番考慮，覺得臺灣最適合爸，姊和姊夫也可給與較多的照顧。以後每個月，我會給爸爸寄生活費回來。我和卿卿可以常回來看爸爸，爸爸也可以和姊姊、姊夫一起來美國，如此，我們一家人仍可常常相聚，這該是最好的安排，不知諸位以爲然否？……』

當天晚上，爸爸說他頭疼，沒吃晚飯，很早就回了房間。淮舟對慕雲抱怨：

『慕風太過分了！我一定要寫信跟他談談。他不要爸爸，憑什麼我們就該替他養？』

『求你不要這樣說，他也是我的爸爸。奉養父母是做子女的責任啊！』

『但是妳那個寶貝弟弟一點責任都不負！』

慕雲苦惱的搖搖頭：

『他眞是太絕了！太傷爸的心了！』

淮舟想了想，他輕嚷：

『去請爸爸寫信給他，就說一定要到美國去，看他有什麼話說？』

夜裡，慕雲推開父親的房門，她輕喚著：

『爸爸！』

一陣吸鼻聲傳來，慕雲連忙開燈，奔向床邊，她又驚又慟的望著紅腫雙眼的父親。父親——哭了？十幾年前，慕風生過一場大病，在他床榻，父親曾掉過幾滴淚，那是唯一的一次，她見到父親掉淚，而今，父親竟然哭腫了眼睛。

『爸——』慕雲摟住父親，她也哭起來：

『不要難過！你不要哭！爸！你說過不掉眼淚的，你一向都不哭的——』

『他——』父親抽泣著：

『他竟然「安排」我！他……他是我的兒子啊！我是他的老爸爸。我再老……再沒有用……他也不可以安排我——』

『爸！』慕雲除了哭，什麼也不能說。

『以前，我又窮又苦……妳媽剛過世，我們一天只吃兩餐，我情願……情願一粒米都不吃，也要我的孩子……吃……吃飽。朋友勸我……送掉一個孩子，我不肯，……我死也捨不得——』

『我知道，爸——』慕雲替父親拭淚，『我們對不起您！』

父親搖搖頭，他喘息著：

『大概是……我上輩子作了孽，這輩子得遭……兒女遺棄！』

『爸！我求你不要這樣說！不管慕風要不要您！我永遠奉養您！我發誓——爸！』

慕雲以爲淮舟已經入睡，回到房間，才發現他正坐著等她。她不敢向前，只站在門邊。

『對不起。我……』

『我知道。』淮舟望著她：『我差不多都聽見了！』

她走向他，有些激動的：

『我不能不要他！他是我爸爸——』

淮舟點點頭，表情很平靜，但令慕雲不安。

『淮舟……』她再喚。

『算了！』他關掉電燈，在黑暗中說：

『睡覺吧。』

6

慕雲加倍用心的照顧父親，父親很消沉，心臟衰弱使慕雲大為緊張。淮舟顯示出喜怒無常的情緒，也令慕雲為難，有時他說：

『我覺得自己在家裡簡直多餘。』

甚至會說：

『慕雲！妳並不適合做妻子、母親，只適合做「孝女」——二十五孝！不過，也許是妳嫁錯了人，如果嫁給別人，情況也許不同！』

慕雲覺得自己是繃緊的弦，隨時會斷。

一天早晨，她聽見淮舟大聲的說話，她出了房門，前陽台上，淮舟正對父親大吼大叫，而父親只站在一旁，神情委頓。慕雲的怒氣湧上心間，她絕不容許任何人用這種態度對待父親。

『你幹什麼？』她衝上前，擋在父親面前：

『對爸爸大叫大喊？』

父親向她解釋，他要種百合，把花圃中剛發芽的金盞花當作野草拔掉，而他並不知道那是淮舟種的——

回到房裡，慕雲對淮舟說：

『去向爸爸陪罪！你的態度太惡劣——』

淮舟瞪著她，眼中有紅血絲，他憤怒的：

『你們太欺負人了！李慕雲！你們全家人都太過分！』

『你說這話，是什麼意思？又是嫉妒心在作祟嗎？』

淮舟冷笑著，他說：

『妳父親不但要拔掉金盞菊，他還想把我從這個家裡連根拔起！妳懂不懂？那些百合花是那個姓劉的送的！』

『就算劉揚斌送的，那又怎樣？有什麼值得大驚小怪？我簡直受不了你的疑神疑鬼——』

淮舟把小旅行袋摔在床上，將貼身的衣褲往裡面塞。慕雲驚愕的停住嘴，她有些顫抖的問：

『你……你要幹什麼？』

『妳在乎我幹什麼嗎？』

慕雲搖頭，她弄不清事情怎麼突然間變成這樣，上前一步，她按住淮舟忙碌的手。

『不要這樣好不？你答應過我不再吵架！』

『我沒有和妳吵架。』淮舟拂開她的手，用力把拉鏈拉上，然後望著她，輕聲而平靜的說：

『我想現在是妳選擇的時候——要我？還是要妳父親和……劉揚斌？』

慕雲張大了嘴，她腦中一片紊亂——怎麼回事啊？爲什麼要選擇？怎麼把劉揚斌也牽連進去了？

『我讓妳好好想一想，不必馬上回答。』淮舟的聲音像從很遠的地方傳來，她想抓住又無能爲力。

『不！』她突然嚷：『我都要！淮舟……』

『都要？』淮舟的笑意有些淒涼：

『妳的胃口未免太大了——』

『不！淮舟！我要爸爸！要你！不要這樣，你到底叫我怎麼辦？』慕雲的淚溢出眼眶，她沒有管，任它們沿著面頰滾下。

淮舟嘆了一口氣，他轉身望著妻子，清楚的說：『我和妳父親之中，妳只能選擇一個。』

慕雲瞪視他，從他的目光中，她知道，哭泣、解釋，一切努力都不生效了。於是，憤怒取代了恐懼，她挺直背脊，拭去淚水。好幾次張開嘴，又合上，最後，她在床沿上坐下。

『我要我的父親。』她說。

掉過頭，便有大量的淚水湧進眼中，她的喉頭哽咽，再無法出聲。淮舟也不出聲，他靜靜的站立一會兒，然後提起旅行袋走出去。

慕雲仍然坐著，一刻也不放鬆的盯著腳前的那塊地毯，她感覺自己正在僵化，由內而外一寸寸的變爲石像——再不會笑、不會哭、不會思想、不會愛……

房門被推開了，父親站在那裡。慕雲費力的轉頭看他，然後無聲的喚：

『爸爸。』

父親走到她身邊，顫抖的撫她的肩：

『不要難過……都是爸爸不好，害得你們夫妻……』

『不要說了！爸！』

『眞的！我眞的不行了，年紀大了，總是討人嫌的……』

『爸爸！』慕雲覺得頭疼起來，她希望父親什麼話都別說。

但，父親又開口了：

『我想……我搬出去住，也許……』

『搬出去？』慕雲覺得整顆心炸成粉碎了。

『是啊！我搬走了，淮舟就會回來了，你們……』

『搬走！搬走！搬走——』慕雲無可抑止的咆哮起來：

『你也搬走！他也搬走！統統都走——我是傻瓜！是白痴！我裡外不是人，我活著還不如死掉算了，你們一個一個，說走就走！誰替我想過——爲了你，我的職業，我的婚姻，我的一切都沒有了。你還要我怎麼樣——怎麼樣嘛——』她嚎啕大哭，再說不出一個字。把自己狠狠拋在床上，這才眞正意識到自己是個一無所有的女人了。她感覺到父親的手輕拍她的肩，好顫抖的拍撫她：『我……我對不起妳！我知道……該怎麼做。』

她仍在抽泣，沒有回答，也沒有反應，不知道父親是什麼時候離開的。

慕雲始終無法入睡，她一閉上眼，就做噩夢。有淮舟和父親的話，反覆糾纏著她。她了解淮舟，那個有『原則』的男人，從他早晨的神情語詞中，她知道自己失去他了！至於父親那無辜的老人，他有什麼罪過呢？她覺得自己的『選擇』是正確的，若失去父親，她會發狂的。以往，沒有婚姻的日子，父女相依不也很快樂嗎？是的！那段歲月一定可以找回來的。

她向父親房間走去，她要為自己方才的態度道歉，並且要告訴父親——她依然愛他。房門鎖著，當她大喊兩聲而沒有反應時，恐懼感緊緊壓迫住她，她拚命用力搥門，然後奔回臥房，取出父親房間的鑰匙，再去開門的時候，她聽見自己劇烈的心跳，渾身使不出力氣。爸爸！她在心裡喊，你絕對不能——千萬不能——門開了。父親躺在床上，端端正正，兩手擺在胸前，像是睡著了。

『爸爸……』慕雲調子都變了，她試探的喚。

沒有反應。

『爸爸——』她一下衝到床前，發瘋一般歇斯底里的嘶喊：『爸！你不能死！爸！你看我！你不要閉著眼睛，你看我啊！爸爸！我求求你！你不要睡！不要睡了！不要把我一個人丟下來！爸！我愛你！我真的愛你！我最愛你——爸爸……』

父親沒有理她！唯一的一次，父親不理她。

慕雲在床畔跪下，她覺得天地在一剎那間毀滅殆盡了。而她，已經變成碎片，再也合不攏了。

7

慕雲坐在醫院的長椅子上等待，醫生說，父親還有救。

他吃了剩下的安眠藥，陳醫生開的藥。所幸時間尚短，藥力尚未完全發揮。父親要自殺——這突來的思想令慕雲無法自處。父親沒遺留隻字片語，別人會以爲他死於心臟衰弱。但，慕雲會一生一世憾恨痛苦，於是，父親對她最後的愛，便將成爲最狠毒的懲罰了。

陳醫生走向慕雲，告訴她：

『沒事了！妳可以進去看他。』

慕雲驚喜的起身，她覺得虛弱，一陣昏眩，便失去知覺。

當她醒來時，赫然發現自己正躺在病床上，一個白衣護士走向她，微笑著：

『好險呵！妳差一點就保不住寶寶了。』

『什麼……寶寶？』她迷惑的望著那張年輕的面孔。她是差點就失去『爸爸』了，那裡來了『寶寶』？

望著護士，她突然像觸電一樣，全身輕彈起來。

『我……。』她又怯又喜，話就凝在舌尖了。

『妳懷孕了！難道自己不知道嗎？』

她無言以對，只是心中脹滿幸福的喜悅，然後，緩緩淌下淚來。

慕雲去看甦醒後的父親，父女相擁而泣。經過一次生死的試煉，他們對生活有了新的看法。

『其實是我不好，把死氣沉沉的氣氛帶給你們。大夫說我並不是挺老，身體也不是挺糟糕。應該活得有朝氣些！』父親說著，為慕雲拭眼淚，撫著女兒的面頰，他說：

『再說，盼了這麼久，終於要抱外孫了！』

慕雲回家為父親取換洗衣物，意外地，接到淮舟的電話。他的聲音平平淡淡，聽不出喜、怒、哀、樂：

『我打了一整天的電話，你們都不在家。』

慕雲費力壓下激動的情緒：

『有事嗎？』

『我想，我們無論如何應該談談，彼此……都該有個交代。』

『是的……』她聲音淒切的，環視客廳道：

『該還你的，都該還了。』

西餐廳中，淮舟起身迎著慕雲坐下，他們相對無言，不是陌生人，卻比陌生更難堪。

『前天下午，我打電話回家，沒人接。我不明白，在這種情況下，妳父女兩人到那兒去了？』淮舟終於開口。

慕雲覺得氣憤，她蒼白了臉，冷笑道：

『你以爲我們去了那裡？你始終缺乏信心！』

『事實上，妳在節骨眼上首先放棄的，就是我！』淮舟的語調也激動起來。

慕雲委屈的瞪視他，是誰逼她選擇的？是誰給了她這樣殘酷的責罰？——就是他！她的丈夫！

『雲雲！』淮舟聲音緩和下來，企圖挽回。

『現在還不晚……妳可以重新選擇。』

『我要爸！』她幾乎沒有考慮，脫口而出。

淮舟看著她，抿緊嘴唇，眼光鋒利冰冷，額邊的筋跳動著，他握緊自己的手，指節顯得青白。慕雲心慌低嚷：

『你讓我選擇的！我不能不選擇！我根本不要選擇的……』

『夠了！』淮舟低抑地打斷她。

慕雲的淚在眼中打轉，淮舟把頭埋在手掌中，她只能見到他濃密的黑髮。時間靜靜流過，不知過了多久，淮舟抬起頭，他是個自制力極強的男人，似乎已恢復了鎮定，但，慕雲在他的眸中仍可見到受創的痛苦，她依舊不忍。

『妳……還沒有走？』淮舟暗啞的說。

『我……我還有話想說。』

淮舟點點頭：『請說。』

『你……是好丈夫，始終都是。只是我……從小，爸爸養我、教我、愛我、保護我，他像隻大鳥，用又溫暖又安全的羽翼護衛我們，替我們遮雨擋風……然後，我們長大了，他成了一隻老鳥，脫盡了羽毛，又冷又弱，而我的羽毛濃密得可以爲他遮雨擋風——我怎麼忍心把他丟下？我怎麼可以——』慕雲的淚跌在咖啡杯中，不見了。她深吸一口氣：

『我不是不愛你，而是，我對父親有責任——沒有選擇的責任……也許有一天，你會明白；也許，你永遠不明白——』她抬頭，淮舟正深切的凝望著她。

慕雲拭去淚痕，她問：

『你……還有什麼要說的？』淮舟搖頭。慕雲理理髮絲，她說：

『那我走了，得去照顧爸爸——』

『爸爸怎麼了？』

慕雲並不打算讓他知道，她急急掩飾：

『沒什麼！』

『該不是爸爸生病了？』

慕雲搖頭。淮舟方才想起：

『是了！妳和爸爸都不在，一定是去了醫院！』

慕雲仍搖頭否認，卻搖落亂紛紛的淚珠。淮舟捏住她的下巴，使她穩定下來，望著他的眼。

『告訴我！到底發生了什麼事？』

『我不要……給你添麻煩了……』慕雲含淚，看起來，聽起來，都是可憐兮兮的。淮舟的心驀地疼痛扭絞起來，儘管他是她捨棄的，他仍不能坐視她的痛苦與無助。他的眉頭緊結著，捏疼了她的下巴。

『告訴我！』他說。

『爸爸他……』慕雲泣不成聲：『他自殺了！』

淮舟隨慕雲到醫院探望李老先生，慕雲被父親遣到門外，父親要和淮舟單獨談談。慕雲坐在門外等候，半個多小時，淮舟仍不出來，慕雲到嬰兒室外面，看著一群群初生嬰兒，她有欲哭的感覺，生命到底是怎樣的啊？

踱回父親的病房，淮舟正在門口站著，他的眼中充滿血絲，緊盯著慕雲，目光令慕雲不安。

『爸還好吧？』她問。

淮舟點頭。

『那我送你出去吧！』

他們並肩走過長廊，淮舟始終不說話，只用熱烈的眼眸望著慕雲，慕雲垂著頭，不敢看他，只數著自己的腳步。終於，走到了盡頭。

『我不送你了。』

他點點頭，對她道：

『妳快把人逼瘋了！』

慕雲一凜，到底，父親告訴了他。

『妳打算瞞多久？妳打算怎麼辦？』他想握她的手臂，卻強忍著收回自己的手。慕雲心中一酸，淚水又在眼中打轉了。

『我現在才知道，我終於知道——拆散父親和子女，是多麼殘忍的事！雲雲！妳在報復嗎？』淮舟的眼中也浮起淚光。

慕雲哭泣著搖頭，她在一旁的椅子上坐下。

『我沒有報復，我不是報復！眞的！淮舟！我從沒想過要報復你！』

淮舟在她身旁坐下，輕執她的手：

『原諒我，很多事和情緒，我不知道該怎麼處理，我以爲推卸或者逃避就沒事了，結果，一切變得更糟……愛就是一種責任，我現在知道了。讓我們重新開始，好不好？』

慕雲俯身靠上淮舟，淮舟緊擁她。他嘆息：『天哪！如果沒有妳，我眞不知道怎麼辦！』

慕雲只能流淚，只能拭淚，淮舟的胸前都浸濕了。

『我一直想妳的話，羽翼……遮雨擋風……雲雲！我知道妳已經成長了，長成一隻大鳥。但是，我是一隻更大的鳥，我有更堅強、更寬闊的羽翼，讓我擔負起這個責任。不管怎麼樣的大風大雨，我永遠跟妳守在一起！爲妳、爲爸爸、爲我們的孩子——』

淮舟哽咽了。人，常因自私、愚昧而失去許多寶貝。失而復得，往往又只在一瞬之間。

『我會的！』淮舟說給慕雲聽，也說給自己聽：『我會做個永不折損的羽翼。我一定會的。』

——一九八三．五．《中央日報》

一九八三．五．《明道文藝》

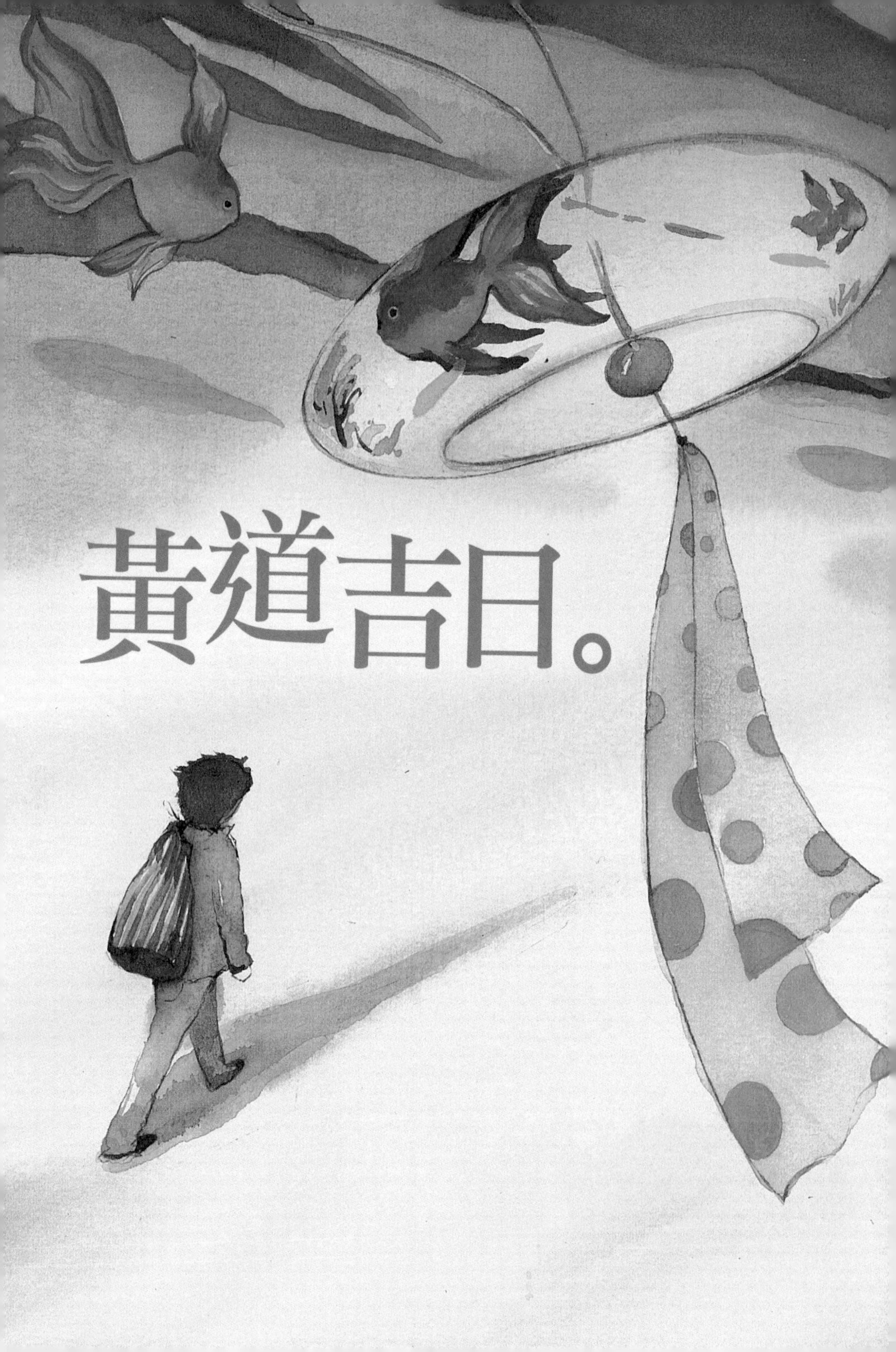
黃道吉日。

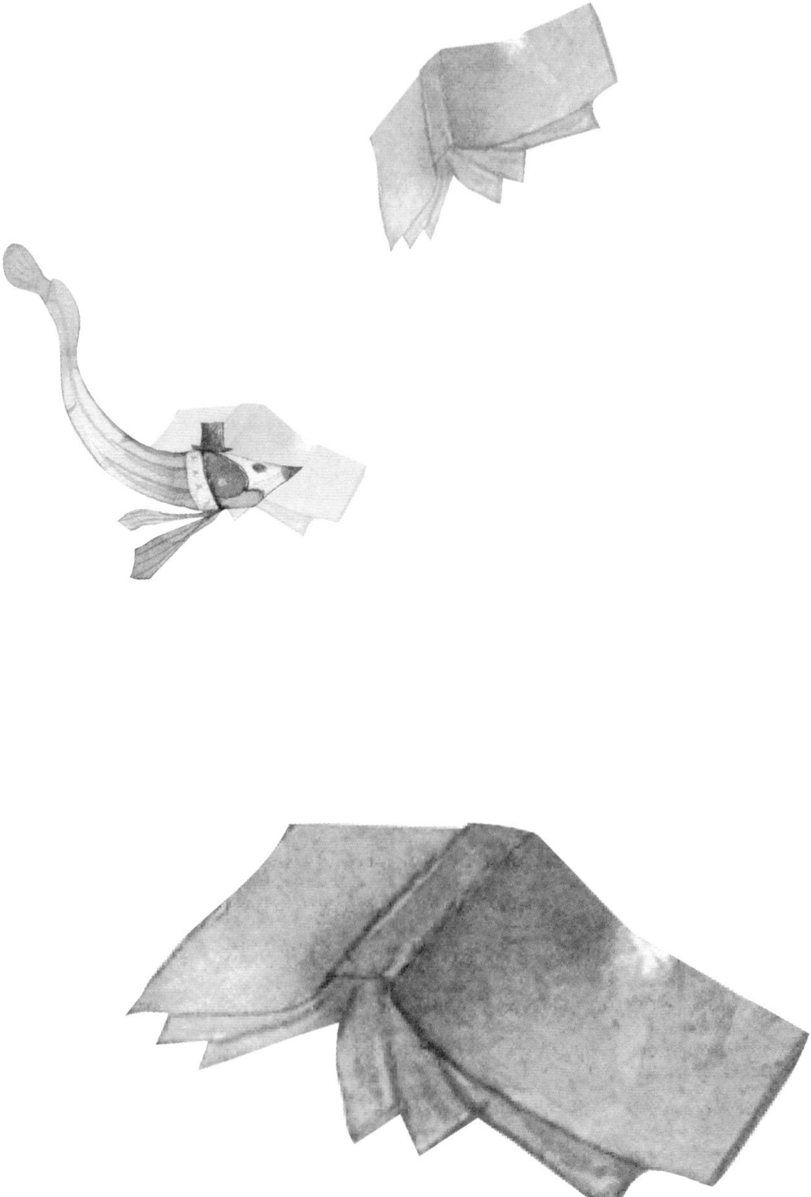

1

那天確是個好天氣，挺適合搬家。

不過，當表姊和阿全幫我把大包小包放上車時，我心裡仍有些不爽。一切都還沒準備好呢！卻爲了遷就未來的女房東，打鴨子上架似的，匆匆忙忙趕在日落之前，住進我的新居。

『人家是算好日子的，算好了時辰，這樣你們才會相處融洽。』

表姊婚後發福得很厲害，生了孩子之後，體型更是大爲走樣，曾有的一點婀娜，早消逝無蹤了。

但，我們自小培養的深厚情誼，卻不會改變。

比方這一次，爲了買這輛二手貨的摩托車，我失去理智地花掉了老爸預付給我的，整個學期的房租和生活費。且別說跨車飛馳的刺激和拉風，生活陷入困境突然變成最大的問題。於是，我掛著一張瀕臨餓死的悲慘面孔去投奔表姊。

像往常一樣，她很快地爲我安排了家教；又安排了住處——不必付房租，只要分擔一點水電費。房東是表姊的高中同學，一個單身女郎。房子坐落在雙溪山上的一個新闢社區，據說，只是據說：空氣新鮮，光線充足。

『都什麼時代了，還算這個？』

我嗤之以鼻地，順手接過阿全遞來的香煙。還沒吸兩口呢，表姊一下子奪過去，扔在地上踩熄了，狠狠瞪著我：

『你抱怨什麼？給你白住哪！還想怎麼樣？』

我忙堆起笑臉，俯身湊過去，輕聲問：

『她到底，什麼樣的人嘛！有沒有妳這麼漂亮？』

表姊掩不住滿心喜悅的揚起唇，眼光頓時溫柔無限：

『她長得不錯啊！以前還演過戲呢……現在開個藝品店，弄得還不錯。人，是個好人啦！就是，唉，有時候，那頭腦，不太清楚……』

頭腦不清？

前陣子阿全交了個女朋友，眉目清秀，成天吟詩誦詞，一副不食人間煙火的樣子。我們都見過的，當時眞是羨煞了。誰知道，好好的突然發瘋似地掐住阿全的脖子，原來是精神不正常。才出來不久，又送進去了。

頭腦不清？媽呀！又一個！

『她，她精神不正常啊？』

我嘶吼一聲，頓時一身冷汗。

一旁的阿全嚇得瞪圓了眼，口中叼的煙差點掉在地上。可憐！他受刺激太深了。

『我看你才有毛病咧！』

表姊氣喘吁吁地擦汗：

『她好得很，只是，有些事，處理得……比較不好！可是那不關你的事！你住樓下，她住樓上，有你在，替她壯個膽，別惹麻煩！』

這年頭，誰有興趣惹麻煩？我自己的麻煩已經夠多了。該死的英聽左修右修過不了；跟小蕙不死不活地窮拖著；買了機車要被家裡知道了，更是無法交代。眞夠『衰』！

偏偏，小黃還說我交了桃花運！

『風流女房東！不得了呀！正是虎狼之年——』

媽的！這小子的人，就跟他的姓一樣！

『嘿嘿嘿！』我故意笑得邪門，讓他口水流滿地：

『你知道，我最喜歡，成熟的女人。』

接著，小蕙也來談判了：

『反正，我就是不要你搬去嘛！孤男寡女的，像什麼話嘛！』

『拜託妳好不好？她是我表姊的同學，足足大我八歲，我都可以叫她阿姨了！』

『那，萬一她要是勾引你呢？誰知道她是什麼樣的女人，到現在還不嫁人！』

『得了！妳以為妳到了三十歲一定嫁得出去？』

『好啊！』她一跺腳，立刻哭泣起來：

『你現在就幫她說話！詛咒我嫁不出去！你說，我有什麼不好？我為什麼嫁不出去？』

『好、好、好！對不起！妳十全十美，不但嫁得出去，還能嫁個十次八次的，行了吧？』

什麼跟什麼嘛！那次以後，將近一個星期沒見著她。這一回大概是吹了。我們總是學不會彼此尊重，溫柔相待，我想，這可能不是愛情。

這不可能是愛情！

死趕活趕，狼狽兮兮，終於在日落西山之前，衝進了那幢花園小洋房。

終於，見到了女主人，趙秋瑞。

說眞的，她沒有我想像中的優雅、神秘、成熟、美麗。

她的衣裳寬鬆，不是露出左肩，便露出右肩。長裙幾乎拖到足踝，頭髮偏斜地簪著，顯得有些邋遢。腳上卻穿著一雙亮紅的繡花拖鞋，極細緻典雅的款式，成為一種奇妙的組合。

廳中沒有沙發，鋪著地毯的地上，放置色彩鮮艷的各種形狀的墊子，中央有一個原木小几，古色古香的。三面靠牆而立的音響和櫃子上，放置著各式的花瓶和擺設。

『怎麼樣？喜歡嗎？』

突然發現主人是在問我，慌忙地答道：

『很好！很——很像茶藝館。』

表姊結緊了眉頭，我立刻補充：

『我很喜歡！非常——喜歡。』

唉，在人屋簷下，不得不低頭呵！

『還有你更喜歡的。』

主人一下子躍到垂下的窗簾旁，伸手拉開窗簾。

夕陽突然從那大片玻璃外湧進廳中，所有的一切都像鍍了金一般。

『窗外可以看見一大片青山、白雲、日落、晚霞，你一定喜歡的。』

主人站在窗旁，自顧地說著。

我看不清金光閃閃的窗外，是怎樣地景象。只覺得奇妙，金黃色的光芒籠罩下，屋內的一切都如夢如幻般的美麗。連那憑窗而立的女子……也突地增加了神妙的韻致。

啜飲著冰涼的芭樂汁，我和阿全坐在地上，懷中各抱一個墊子。我看著他，拘束地坐著，一臉呆氣，他也抬頭看我，我們對望著……幾乎在同時，扔開了懷中的墊子。我掉頭望向窗外，天空的顏色已由橙轉紫，山的輪廓，也愈清晰明顯。

表姊和趙秋瑞終於結束了喁喁私語，向我們走來。我忙站起身，很有禮貌地。

趙秋瑞打量我，然後笑起來：

『有你住在樓下，有地震都不怕了！』

我傻傻地笑著，無言以對。

『我叫瑞瑞，隨你怎麼叫，趙姊姊、瑞瑞姊……都可以。就是，不准叫阿姨哦！太傷感情了。是不是？』

她說著，偏頭看表姊，兩個人笑成一堆。好半天才恢復平常，舉起手中的果汁：

『來！小薛！』她注視著我：

『我可以叫你小薛嗎？』

我用力點頭。

她的眼眸是琥珀色的，眼形細長，眼尾上揚，應該是一雙善笑的眼睛。

『願我們和平相處！』

兩只杯子在空中相遇，發出清脆地聲響。

2

當天夜裡，她又穿著那套拖拖拉拉的衣裳，進了我的房間。

我緊張兮兮地盯著她那幾乎被自己踩到的裙襬，擔心她萬一踩上摔了跤，自己應該採取什麼行動？是扶她起來；或是保持安全距離？

她終於站在桌旁，拾起被我扔在桌上的一串風鈴，那原是掛在窗上的。

『不喜歡呀？』她問。

風鈴在她手中徐徐作響。我忙說不是；只是嫌它太吵。她反身再度懸上那串風鈴，慢慢地說：

『房子裡掛串風鈴，只有利而無害，你會習慣，就不嫌吵了。』

原來，這也是一種迷信，夠要命吧?!

她一撐，坐上我的書桌，一隻手臂隨意搭在書堆上，挺豪放地，讓紅色繡花拖鞋在潔白的足尖上盪呀盪。

『坐嘛！』她說。

我忙把堆滿什物的床鋪推出一塊空間，坐下來。

她說這原是她小弟的房間，小弟和我同年，入伍服役以後，就剩下她一個人。每到夜晚，山上風大，吹得門窗作響，她常被嚇得徹夜難眠。

我這回眞的遇見一位慷慨的房東了。她授權我可以使用房中的任何器具；甚至包括小冰箱裡的一切……然而，當她從裙子口袋裡掏出香煙來的時候，我才眞正對她產生好感。

她啣住一支煙，然後把煙盒遞給我——這和我那群姊姊們的大驚小怪，眞是天壤之別。

當我也掏出煙，她便扔來一只打火機。我站起身，走到她面前，極不熟練地替她點燃……這是生平第一次，爲女人點煙。

她輕噴白煙，笑著站好，對我說：

『這是禮貌哦！小薛。』

她叫小薛，好熟練地，彷彿我們認識了很久，而她一直這樣喚我的。

第一個星期天早晨，她去上班以前，教我使用洗衣機。那機器轟轟隆隆地響著，我遵照囑咐，不去管它。因爲無聊，偶爾探頭一望，可眞大驚失色。扯開嗓門便朝樓上大聲喊叫起來：

『瑞瑞！快來啊！妳的洗衣機壞了——』

化妝化了一半，散著髮，赤著腳，瑞瑞像救難小英雄一樣，飛快趕到現場。

『妳看這水，不知道那裡破了，流得滿地……』

我還在那兒臨場報導呢，瑞瑞扶著門，笑得只差沒有趴倒在地。

『那是脫水啦！大少爺！』

她直到上樓的時候還直不起腰，險些摔下來。

『你眞是沒吃過豬肉，也沒見過豬跑！』

後來，她爲了趕時間，還叫我騎車送她到士林，那家小小的藝品店。

後來，我一直叫她瑞瑞。

我想，她和我一樣，都是很容易相處的人。雖然，漸漸地，我發現她的情緒白天夜晚起伏很大。白天，興高采烈，大說大笑的一個人；到了夜晚關店回到家，常常變得沉默寡言，沮喪莫名。

逾時未嫁，大概不是一件很健康的事。依我看，單身女郎不太容易快樂。

就像那扇大窗，其實多半是簾幕深垂的。

相處一個多月，我看不出她有什麼頭腦不太清楚的異常舉動。

直到那天夜晚，我上完家教，又去找阿全他們吃了消夜，才騎車上山。

廳中黑漆漆地，我懶得開燈，正摸索著往自己房間走，突然覺得眼角有什麼東西，白花花地閃動了一下。

心臟猛地一縮，我連忙反身開了燈。

瑞瑞穿著一襲白衫，依牆蜷身坐著。長髮仍是有氣無力地偏嚮著，整個人動也不動。

我吁了一口氣，忍不住問她：

『妳幹嘛？』

她把下巴從膝上抬起來，視線緩緩轉向身旁的電話機，沒有說話。

黑色的電話機，沉靜著。

第二天清早，準備趕到學校參加升旗典禮，大約七點鐘，我要出門的時候，愕然見到廳中的瑞瑞。

她保持著昨夜的姿態，闔眼熟睡著。白色的衣衫在晨光中瑩瑩發亮，她的頭偏斜，髮絲散垂，遮住一小部份的面容，顯得格外削瘦可憐。經過一夜的等待，疏淡的眉微鎖著，深深地疲倦。

我在一旁站了一會兒，很想爲她做些什麼。

結果，什麼也沒做。

當天晚上，我回去的時候，更令人驚駭的事發生了。所有的報紙雜誌散了滿地，擺設和花瓶幾乎有一半被砸在地上，像剛剛經過一場浩劫。墊子被扔得老遠，她那雙特別醒目的拖鞋，一隻躺在樓梯上，一隻竟上了餐桌。

我瞠目結舌地望著坐在小几上的瑞瑞，無法控制自己變調的喉嚨：

『怎麼回事啊？』

瑞瑞像沒看見我，文風不動。

我忙衝回自己的房間，感謝天！安好無恙。

再度折回客廳，瑞瑞動了。面無表情地爲自己紮馬尾，那張臉孔，比早晨更憔悴。

『到底怎麼了？』

我一手拾起她的一隻拖鞋，把兩隻並排放好，小心地問：

『鬧小偷啦？還是……』

她的臉上漸漸恢復生氣，活了過來，站起身，趿上拖鞋。清清楚楚地說：

『蟑螂。』

我傻站在那兒，這女人，我實在不想批評她，可是，她的頭腦，我想，大概是有一點……有一點點，那個。

瑞瑞在家裡晃蕩了兩天，終於又去上班了。

我實在不喜歡看見她那副空洞失神，無所事事的模樣。

這天，上完家教出來，斜風細雨地，很有一些淒清的味道。我騎車往士林去，想加滿油箱中的油，順便，當然，只是順便看看藝品店打烊沒有。

鐵門已拉下了一扇，我探頭，看見滿口大嚼，吃得津津有味的瑞瑞。

『哈囉！小薛！』

瑞瑞用力招手，好像我們是許久不見的好友。

『進來！進來！來吃包子！好吃哦！』

我避開女店員好奇的打量，走到她身邊，接過包子，倒像專程趕來吃包子似的。

瑞瑞用紙巾擦拭手指和嘴，一把拉住我：

『小妹！瞧！這是我的男朋友！很帥吧？』

女店員不知說了句什麼，瑞瑞脹紅了臉，放開我，前俯後仰地大笑起來，接著又嗆又咳，連淚水都迸流出來。

我繃著臉說：

『我要走了！妳走不走？』

她拚命點頭，彎身換鞋，一邊仍忍不住地笑著。不是我說，這種一笑起來就無法收拾的毛病，實在令人受不了。

我耐心地等她關燈鎖門，驚天動地的向女店員揮別，彷彿要登機出國一般。

車子發動之後，她說：

『每個店員來了，我都叫她小妹，腦筋不好，張三李四王二麻子，剛背好了名字，又要走了——』

停車等紅燈的時候，她輕輕敲打我的背：

『小薛！不要在意哦！剛才……說著玩的。』

沒想到她還把這件事放在心上，這般軟語商量。

我聳聳肩，思忖半天，回頭硬生生地說：

『不會啦！』

雨水順著頭髮滴落，我用手拂去眉間的水珠，她的聲音在我身後響起：

『一下雨，人和車都沒了，臺北也變得比較可愛了。』

『妳不喜歡臺北？』

她聽不清，我費力地再吼叫一次。

『鬼才喜歡！』
這一回聽清楚了。
『那幹嘛不回去？』
我知道她家在大甲，也做生意。
身後沉靜了一會兒，我以爲她又沒聽見，運足了氣，正想再吼一次，卻聽她說道：
『丟不開嘛……』
那個藝品店三天打魚兩天曬網，弄不懂她心裡想什麼。停了一會兒，她又說：
『也不是爲藝品店……』
我可以感受到她的艱辛，那來自內心的掙扎。
一個單身女郎，不得不留在臺北的原因——我想到那只黑色的、死氣沉沉的電話機……
『喂！我今天做了不少生意哦！』
瑞瑞的聲音聽起來像個開心的小女孩：
『今天運氣這麼好，最好的是能搭你的便車。』
『妳知道今天是什麼日子？』
『什麼日子？』

我笑著張開嘴，風雨吹進口腔，大聲地，像歡呼：

『黃道吉日！』

3

要去適應那串聒噪的風鈴，並不是件簡單的事。風大的時候，我索性找根繩子，把它結結實實地五花大綁。瑞瑞規定房內掛風鈴，可沒規定風鈴一定得發出聲音。

自此，我和風鈴相安無事，對自己的機敏變通，頗覺滿意。

不知從何時開始，瑞瑞幾乎每夜都要講電話。

她講電話的姿勢很特別，盤腿而坐——據說比較不疲勞，我實地操作一遍，差點沒扭斷骨頭。腿上放個墊子，撐住手肘。面頰貼靠在聽筒上，就那麼呢呢噥噥說個把鐘頭。這時候，她說話的聲調變得很特別，低低柔柔地，像哄小孩一樣，有一點催眠作用。在夜裡聽來，特別舒服。

其實，我並沒有特別注意她；就像她一拿起聽筒，便完全看不見我的存在一樣。

只是，我想，很想給她一個建議。如果，她能忍住那突然發出的爆笑……當然，這是不能的。

為了好奇，我向表姊提起，有關電話的事。

『那大概是她上輩子欠的，糾纏不清……』

她的眼光轉向我，突然揚起聲音：

『我警告你喲！這不關你的事！』

我搖搖肩膀，表示根本不在乎。

與小黃他們吃消夜，四個人喝了一打啤酒，直覺得飄飄然，說不出的愜意。我一路騎著車飄上山，剛掏出鑰匙，門就被打開了，瑞瑞兇巴巴地扠腰站著。

『幾點啦？眞是愈來愈不像話……』

她的鼻子不是普通靈敏：

『喝了酒還騎車！不要命啦，你！』

我走進來，靠在牆上打量她，奇怪這女人罵起人來特別好看，重要的是她不是眞的生氣，只是裝個臉嚇嚇我。我從她的眼睛裡看得清楚，於是，嘻嘻笑地指指她的辮子說：

『妳今天很漂亮耶！』

『發酒瘋！』

她在努力忍笑，卻忍不住眼裡的：

『下次再這樣，你就給我站在外頭，不許進來！』

她的善良可愛，在於不用『捲舖蓋搬出去』來要脅；也因爲這樣，對我完全失效。我賴在廳中不肯回房，要求她陪我聊天。

『三更半夜了耶！』

她說著，卻在對面坐下：

『你怎麼了？失戀啦？』

一臉同情與了解。

我揉揉眼睛，盯著她身旁的電話機：

『今天，電話來了沒有啊？』

她笑一笑，不是開心的那種：

『怎麼樣呢？』

我仍訕訕地笑著：

『男朋友啊！……啊？』

『可以這麼說。怎麼樣？』

她的笑意愈來愈薄，我的心情愈來愈緊張：

『幹嘛不結婚呢？』

不知從那兒吹來的風，話才說完，立即打了個寒顫。

『不是！我、我是說，其實你們可以……』

我焦急得幾乎咬到自己的舌頭，飄然的感覺沒有了，我開始大量出汗，有一種大難臨頭的感覺。

『你表姊，她不了解……』

她說得很困難。

我忙解釋，說不是表姊告訴我的。

『那，你更不會了解，你才多大……』

我已經二十二歲，早就是成人了。我有權……至少，有能力去關心妳了。我在心裡說。

『我認識他的時候，一切就注定了。他那時候在拍實驗電影，我是演員。現在……六年以後，他是電影導演！我，就是這樣。』

她很慎重地看著我：

『他叫陸辛，知道吧？』

陸辛！好像是個很偉大的名字！要說完全沒有印象，又像在那裡瞄過或聽到。我幾乎不看國片。

瑞瑞那樣熱切地盯著我看，弄得我點頭搖頭都不是，只好僵著頸子，動也不動。

『他還沒有名氣的時候，我就知道他一定會成功，一定會出名！這一輩子，我好像只有這個判斷是對的，其他的……都錯了。』

喝酒的時候，小黃問我她到底是個什麼樣的女人？我想，她是個好女人，只是缺少一個清楚的好腦袋。

陸辛！

小蕙聽了立刻歡呼起來：

『上次電影週，學生會辦活動邀請他來演講，活動中心差點被擠炸了！你眞土！怎麼不知道他？他跟你們房東是朋友啊？怎麼會呢？她不會吹牛吧？扯不上嘛！』

我關心的卻是更實際的：

『他結婚沒有？』

『應該有吧！他又有才氣，又有名氣，還怕找不到老婆呀？』

我認爲自己不會喜歡他，卻沒想到，那麼快就見到他。

我回去的時候，那個男人正舒適地躺在墊子上，瑞瑞跪坐在一旁，替他赤裸的肩背按摩。她的臉上有一股神情，是我從來沒有見過的。

瑞瑞連忙替我們介紹，陸辛從容不迫地翻身坐起，向我微笑招呼，儼然這家中的男主人。我卻在一時之間窘迫，彷彿服裝不整的是我。

急忙逃回房間，鎖上門，不知是防別人？還是自己？我走到窗邊佇立，竟然可以聽見自己的心跳。我努力回憶方才的一點一滴，恐怕有什麼失態。

瑞瑞頰上的酡紅直染上鬢角，眼中流動著醉人的波光……而那位名導演，我完全想不起他的面貌，他的長相必然是很平凡的，我想，儘管他有才氣。

取下那串五花大綁的風鈴，放在桌上。

平躺下來，我需要絕對的近乎眞空的寧靜，好去聆聽黑夜中，一點一滴的動靜。

雖然，我知道，很清楚地知道，這沒有一點意義。

4

接下來的日子，什麼事都不順暢。奇怪的是瑞瑞竟也愁眉不展。見面只淡淡地打個招呼，誰都提不起勁。

我知道最近背得很，卻沒想到出了車禍。

那天下雨地滑，和小蕙吵了架，我扭轉車頭，一時失去平衡，便連人帶車翻倒在地。

小蕙嚇得搶天呼地，以爲我是爲她殉情；口口聲聲問我爲什麼那麼傻？一時之間，我成了愛情故事中的壯烈部份，那滋味……那滋味竟也不錯！一向任性刁蠻的小蕙突然唯命是從起來了。

住了兩天醫院，除了大腿的瘀青和手臂擦傷以外，一切都正常。

回到山上，下班回來的瑞瑞拎了豬腳麵，敲開我的房門：

『來！破破霉運！』

我慢慢從床上爬起來，接過那碗麵線，碩大的豬腳瑩瑩發光，筷子在我手中輕顫，內心不知爲了什麼激動著。

『什麼時候沒課，到行天宮燒個香吧！』她說。

『我不要！』

我很快地脫口而出，純粹只爲了拒絕，爲了發洩胸中那一點不滿。

她轉開眼光，打算往外走了。我忙大聲地說：

『我不要吃香灰！』

『只是求個平安香袋……』她笑得很勉強：

『你們男孩總是不相信這些。上次，我特地回大甲，在媽祖那兒求了個香袋，去看我小弟，他也不要。一下說，軍人的頭不能亂摸啦！一下說，不要拉拉扯扯的，難看啦！他長大了。以前，我們最親的，現在……不一樣了。什麼事都變得不一樣了。人，也不一樣了。只有我，好像一直都……都沒有變。』

她說著，臉色愈來愈不好，彷彿隨時會落下淚來：

『然後，他們就說……說瑞瑞！妳怎麼一直都這樣？沒有……沒有一點進步呢？』

她的眼神轉向我，求助地、惶恐地。我深吸一口氣，很想給她一些幫助。

『也許我該回家一趟。』她自顧地說：

『每次都做那種可怕的夢……。』

『什麼夢？』

她猶豫片刻，然後抱住雙臂，輕聲說：

『有人死了……都是我最親最愛的人，我一直哭，一直哭……哭醒了，還是好難過。可是，後來想想，夢見人死了，聽說是折我的壽，給他添壽，這樣，也好。』

『妳沒有安全感。』我從來沒有這樣發自內心的憐惜她，而幾乎覺得自己是了解她的。

『呃？』她揚起睫，眼中盈著淚光。

『我說，妳呵，沒有安全感，害怕失去……那些妳喜歡的人！』

她頓了頓，從書架上抽出衛生紙擤鼻涕，聲音聽起來扁扁地：

『也許是……因爲，我有的東西，太少了。』

天氣漸漸轉涼，山上的風特別大。瑞瑞總穿著寬鬆的長袖襯衫，直垂到膝上，配一條AB褲，晃晃盪盪地，看起來更削瘦可憐。

陸辛陸陸續續來找過瑞瑞幾次。

每當我到藝品店接她回家，撲個空的時候，我知道，他來了。

於是，我便飛車上山，很大聲地弄開門戶。

陸辛有時候勉強打個招呼，有時候則視若無睹。

我知道自己令他不安，因爲他是個名人，他有太多顧忌。我根本不在意他，只是不想讓瑞瑞難堪。

所以，我總是很快地回到自己房中。解開被束縛的風鈴，讓它瘋狂地響徹一夜。

在其他的時候，瑞瑞不提起陸辛，我也不提。

夜裡的電話愈來愈少，瑞瑞也不再如痴如狂地等待。只是，她患上了感冒。彷彿患了絕症一般，整個冬天都在咳嗽、流鼻水。

無論她到那裡，只要待上一陣子，衛生紙便堆積如山。

那天，陸辛出現在電視上，和一群所謂的新銳導演談電影的前途。看見這有一陣子未曾出現的人，我的心臟猛地一緊，不敢動彈。眼尾餘光所能看見的瑞瑞，也只是端坐著。

我努力盯著螢光幕，卻一個字也聽不進去，只覺得耳中嗡嗡地，不斷作響。

訪問終於結束。我吁了一口氣，在插播廣告的時候，鼓起勇氣轉頭看她，她也正轉頭看我。眼光清清亮亮地，彷彿想說什麼，開了口，又閉上，然後笑一笑。我忙地也對她微笑，有著鼓勵的意味。

她垂頭摺疊一張衛生紙，疊好了，指著自己微紅的鼻子說：

『你看！腫得……像不像蓮霧？』

說著，自己先忍不住笑起來。於是，我也笑了，陪她笑了個驚天動地。

最近特別的冷，為了應付下午的英聽測驗，我在圖書館K了一上午。中午從圖書館下來，準備吃午飯的時候，遇見小黃他們一票人。小黃見到我，便興奮莫名的嚷叫起來：

『出事啦！你知道我從那裡來？從士林來！你知道怎麼了？你瑞瑞姊的店被人家砸掉了。』

我的血液刷地一下，全衝到腦門，發狂地向校門跑，騎上車子猛力地飛馳。

小黃他們都去過藝品店，他們認識瑞瑞！

瑞瑞是個好人！她是個好人！她現在只有這麼一家小小的藝品店。她前兩天還想回家去，因爲不習慣臺北的搶搶奪奪……天呀，祢可以容得下各種各樣的人在臺北；爲什麼偏容不下一個可憐兮兮的瑞瑞？

店門已拉下了一半，我鑽進去。被那滿目瘡痍的景象嚇得舉步維艱，所有能夠砸碎的東西，都砸碎了。兩支玻璃架也碎倒在地……

我努力搜索，終於看見，淒慘的日光燈照射下，蹲在碎片中，緩緩撿拾的瑞瑞，低著頭，披散著髮。一片一片地，撿起那拼不起來的瓦礫。

『爲什麼呢？』

我顫抖地問，喉中硬生生地鯁著什麼。

瑞瑞停了停，仍垂著頭，用袖子揩淚，單薄的肩膀抖瑟著，不說話。

我明白了。她並不是個柔順軟弱的女人，讓她逆來順受的原因只有一個呵，只有那一個！

『我要去找他！』我緊握拳頭，咬牙切齒：

『叫他給妳一個公道！』

『你不要去！』

我站住了，回身看她，她把手中的碎片全傾在地上，輕聲說：

『不要再給他找麻煩了。反正我……我也想清楚了……』

『是不是他老婆？』

『到底……也六年了，我，也沒有什麼委屈……』

我在她面前蹲下，無法克制自己的澎湃心情與不知來自何處的痛楚，突地，伸出手握牢她細瘦的胳臂，我失聲地：

『妳等我長大！瑞瑞！』

她被嚇著了，我也是。還有著深深的迷亂，以及一股不顧一切的壯烈感。

她開始哭泣，眼淚撲簌簌地淌下失肉的臉頰。

『長大，是沒有用的，小薛……』

她用力咬住下唇，幾乎要咬出血來，好一會才掙出：

『你看我，長大了。什麼……都沒有了。』

我沒有回去考英聽，卻一點也不後悔。

眞的，一點也不後悔。

5

我一直想問問瑞瑞，到底什麼樣的日子才是黃道吉日？這樣的日子，爲什麼好久不來了？

期末考即將結束的一個夜晚，我趴在書桌上睡著了。

驟響的電話鈴將我驚醒，我正打算關燈上床，突然聽見瑞瑞的哭聲。

連奔帶跑的到了廳中，瑞瑞跪倒在電話機旁，又悲又痛地嘶聲哭泣。我手足無措地跪在她面前，搖著她問。

『我媽自殺了。』

她渾身顫慄，兩手交握在胸前：

『家裡生意作垮了，她受不了人家逼債。以爲，以爲一死百了！媽啊——我是不孝的女兒！我不孝——』

她蜷倒身子，哭聲時起時落，我僵著，怎麼會這樣呢？怎麼會呢？老天爺！祢一定要把人逼到這般田地，才能滿意嗎？

『瑞瑞！』我俯拍她的肩，欲哭地：

『妳要保重啊！人……人死不能復……復生。』

瑞瑞停住哭泣，直起身子，我連忙抓了一把衛生紙，給她擦淚擤鼻涕。

她調整自己的呼吸，望著我說：

『我媽……被救了。』

哦，被救了。

我想，老天爺，有的時候並不眞的那麼差。

瑞瑞急著要趕回去，卻無法空手而回。

『家裡現在最需要錢，我又沒有積蓄。』

藝品店被毀了，只剩這幢房子，她不惜低價出售，只爲求現。我幫她寫了紅條子，到處張貼。

同時，我也收拾行李，準備隨時搬走了。

瑞瑞到我房裡，看見那些大包小包，嘆了口氣，然後，望著我笑起來：

『要搬走，也要挑個好日子哦。』

我磨蹭半天，掏出一疊薄薄的千元大鈔，放在她面前。

『幹嘛呀？』她嚇了一跳。

我聽見她打電話向人借錢，知道她需要。

『你那兒來這麼多錢？』

我說是借的。

『可是，我不能拿你的錢……』她說。

『我住妳的、吃妳的、用妳的，也不止這些。』我說。

『這樣不好，小薛！』

她的笑容空空洞洞的，那疊錢在桌上被推來推去，最後，一不小心，被她推落地上，飛散開來。

我瞪著十二張鈔票，有絲受辱的憤怒：

『我知道這沒什麼用，可是，我真的想幫忙。』

『對不起！小薛……』

她忙蹲下來撿。不知怎地，一看到她蹲下，我就覺得心酸，抑不住胸腔中牽扯的惻惻。

『如果，妳當我是朋友……』

我伸手拉她起來，慎重而正經的。

她立刻笑起來，拍拍我的手背：

『你當然是我的朋友。』

她歪歪頭，帶著笑，把錢塞進口袋。

自從賣掉機車，我便搭車上山，到站之後，還得走一段上坡路。

瑞瑞賣掉了房子，準備返鄉。我也連絡好阿全，明天來替我搬家。我們都要趕著回家過年。

而瑞瑞說，她說，明天的日子，不錯！

我下了車，月亮很好，慢慢走著，想來明天是個好天氣。

路口有輛車停著，這輛車，是我熟悉的，曾經、不止一次見過。只是，沒想到，此時此刻，出現在此地。

我停住腳步，盯著坐在車中的陸辛。

抬起頭，高處，瑞瑞的窗口亮著燈。我收回目光，看著他。

他不開口，也不離去，就那樣坐著。

這個有才氣、有名氣的男人，我曾覺得有許多話要對他說……而在今夜，一切竟然都沒有必要了。

我收回目光，遲疑一下，繼續向前走。

『小薛！』

我站住。他清了清喉嚨，啞聲地說：

『不要告訴瑞瑞，我來過。』

我動了動唇，沒有吭聲。

他發動車子，揚長而去，留下一籠淡淡的白煙。

搬家這天，早晨還出太陽呢！天氣暖烘烘地，很舒適。

瑞瑞留我們吃午飯，吃過飯，飄起雨絲來了。

『你沒聽人說，搬家的時候，下點雨是最好的。』

瑞瑞說。

現在，無論她說什麼，我都寧願去相信，也不反駁。

『回大甲以後，我要開一家很大的店，一定要是鎮上最大的！你要來玩哦！小薛。』

她說著，微笑地望向阿全：

『你們一齊來嘛！哦？』

雨停了，玻璃窗上的水珠緩緩地滑動。

阿全好容易攔了輛計程車，我們手忙腳亂地把東西塞進去。瑞瑞拿個小包給我，說裡面裝的是風鈴。

我接過來，竟連謝謝也沒說，就上了車。

『把機車買回來！小薛！』

車子開動的時候，我聽見她嚷叫。卻沒來得及告訴她，我不要車了，沒有車，日子一樣過得愉快……我捏住手中的小包，硬的是風鈴；軟的是……軟的？我忙拆開來，除了風鈴，還有一小卷鈔票，一千元的。

『今天眞的是好日子啊？』

坐在前座的阿全問。我仔細把小包封好。好日子，不只今天，在山上的四個月，天天都是黃道吉日。

下坡車開得很快，不一會兒就到了山腳，青草香味在潮濕的空氣中飄動。

我忍不住，最後一次，回首凝望。

在我曾經住過的地方，竟然出現一道彩虹，晶瑩地、柔美地，輕巧跨越重重青山。

——一九八五．八

乍暖
還寒時候。

1

仲春，氣候開始暖和，卻又有些不情不願，一陣陣地飄灑細雨。

孟琳又沒帶傘，她總是忘記。

開了樓梯間的燈，藉著光亮，摸出鑰匙開鎖。門一開，意外地溢出一片暈黃燈光，倒像是從家中跌出來似的。她猛然地一驚，怔怔的站在光亮中。

廳中的母親發話了：

『回來啦？我的大小姐！』

孟琳走進去，平時，空洞黑漆的家中，今晚除了母親，還多出一個嫂嫂，兩人並排坐在沙發上，面對著電視，看來竟像很親愛的婆媳。

織著毛衣的嫂嫂抬起頭，臉上匆促堆起笑意：

『琳琳！好久不見了。』

『怎麼一個人來？』

孟琳一時間擠不出笑容，只好低頭彎腰，忙著換拖鞋，嘴裡隨意問著，算是招呼。

『妳哥哥到香港出差，不放心我一個人待在家裡，所以……』

『是啊！』母親打斷嫂嫂的話，接得倒很順溜：

『馬上就要生的人，一個人待在家裡，當然教人擔心！有時候我猛地想到妳懷著孕在家，就坐立不安，不知道怎麼辦才好！所以我說……我說呀！你們就該搬回來住！將來生了小寶寶，我幫妳帶，妳可以輕輕鬆鬆過少奶奶的日子……』

孟琳蹙起眉，母親的聲音就是這樣尖銳刺耳，喋喋不休。難得嫂嫂好修養，氣定意閒地織她的毛衣。

『奶奶帶孫子，是天經地義的事，難道我還會虧待他？妳瞧瞧！阿珏和琳琳，可不是我一手帶大的？兒子俊，女兒美，可不是我誇自己的好，妳心裡應該是清楚的，啊？』

『媽！』嫂嫂似乎是不得不發話了：

『這得看孟珏的意思，我都聽他的。』

『那好呀！』母親竟仍不屈不撓：

『妳去跟他說嘛！我還能圖什麼呢？只是大家都有個照應……。』

『媽！』

孟琳聽見自己高昂的聲音，才意識到她竟一直站在廳中。母親住了口，嫂嫂也抬頭望她。她吞嚥口水，努力使自己的聲音聽起來平和悅耳：

『我餓了！有吃的沒有？』

『廢話！』母親豎起眉，必然是怨她打斷話題吧。

『沒吃的還餓死妳不成？飯菜都在電鍋裡，按下去就成了！』

孟琳站著，雖沒吃晚飯，並不覺得餓，只怕一走開，母親又要繼續疲勞轟炸，而嫂嫂的無動於衷，又令她覺得難堪。她每個月的薪水，有一大半是讓母親在牌桌上輸掉的，儘管母親只是偶爾打個小牌『消遣』一下。哥哥嫂嫂的保持距離，實非一日之寒。

『還站著幹嘛？』母親不耐地：

『等我侍候啊？』

『我來吧！』嫂嫂困難地預備站起，想是藉此脫身。

母親中年以後發福的粗壯手臂迅捷地按下嫂嫂，一只鵝黃色的毛線球直滾到孟琳腳邊。母親跨過毛線，往廚房走去。孟琳彎腰撿起毛線球，那種絨絨的觸覺眞好，她握了握，交給嫂嫂，兩人對視，都帶著想補償什麼的微笑。

『琳琳！』

母親在廚房叫喚，那些鍋碗盤盆，發出很大的聲響。孟琳轉身要走，回頭丟下一句：

『妳坐坐！』

極不恰當地，然後像逃難似的走進廚房。

母親開了瓦斯點火，鍋鏟敲著白磁盤，孟琳還沒看清菜色，就聽『嘶』地一聲進了鍋，一陣油煙白濛濛地直撲人面，她連忙退後一步。

『湯熱好了，菜再回個鍋，湊合著吃吧！』

母親扯著嗓子，在霹靂的爆響中，倒像是和什麼人搶話說的費力。一轉臉，日光燈下，孟琳泛黃的憔悴模樣，令她再度豎眉：

『又淋雨了？瞧妳這個狼狽相！披著髮，垮著臉，二十幾歲的人，也不知道打扮、打扮！』

雖是怨怪的腔調，在孟琳聽來，卻有一股微妙的暖意，柔柔拂過心間。她不禁靠近母親，溫柔地說：

『不要再跟嫂嫂說那些了。』

母親『叭』的一聲熄了火，轉頭對著她，惡狠狠地：

『我說什麼？養兒養女有個屁用？娶了媳婦就忘了老娘！』

嗓門出奇的大，在突然沉靜的瞬間，直逼耳鼓。孟琳噤聲不語，倒像被摑了一掌，痛辣爬上心窩。她相信，嫂嫂必然聽見了。

簡單的飯菜擺上餐桌，母親再度坐到嫂嫂身邊，若無其事地，將眼光投在冷落許久的螢光幕上。

孟琳安靜地吃飯，她決定在睡覺以前不再說話。

『妳們瞧瞧……』

母親指著電視上的電影廣告，一位新崛起的女星，半卸輕紗，露出弧度優美的光潔背部。

『把衣服剝光了就叫性感嗎？簡直是沒有格調啊！想當年……』

孟琳連忙垂下眼光，躲過母親那些生苔蒙塵的『當年』。母親立即轉向嫂嫂，嫂嫂是逃不開的。

『我跟妳說啊！那時候在上海，我一舉手、一投足，不知道迷死多少男人。我們演的是話劇，那可是眞正的藝術啊！一演完，要謝幕二十幾次，有一回，我硬是昏倒在臺上了！每次回到家，家裡的花都放不下了，還有人送來！提起話劇皇后朱芙仙，那還得了？當年，差點就去拍電影了！哼！我要拍電影，這些不三不四的還混個什麼呀！』

孟琳吃了半碗飯，覺得難以下嚥，便舀湯喝。她知道，這些相同的話，母親永遠也說不厭的。

當年，母親眞有這麼風光嗎？她不知道，也找不著任何資料去證實。家中只有一張泛黃的所謂藝術照，年輕的母親，梳高的雲髻，眉飛眼亮，燦燦地笑著，乍看之下，有些逼人的霸氣。母親曾說孟琳像她，孟琳知道自己的眉太濃，眼眸太有神，也聽人批評過，用『霸氣』兩個字。

『只可惜，偏偏碰上阿珏的爸，看他年輕又有錢，才決定跟著他，從香港到臺灣，誰知道他賠得精光，丟下個阿珏，一走了之……』

孟琳一窒，她知道，話說到此，必須結束了。

孟珏和孟琳相差十歲，而在孟珏七歲時，他的父親便自殺身亡了。孟珏是個冷漠深沉的男人，或許因爲童年受到太多壓力與打擊，他一直都是沉默寡言。對母親與孟琳，保持著冷淡的禮貌，孟琳渴望兄長的疼惜，卻始終觸不著他的心，他把自己保護得太周密，以至於當他想付出時，竟不知道如何伸手去給與。

那年，工作上一向順心如意的孟珏，到臺中出差，專程趕到學校探望大三的孟琳。站在碧草如茵的綠地上，他們只能僵硬的、緊張的對峙。

『我來看妳……好不好？』

『好啊！你也好？』

『也好！』

『媽好嗎？』

『還好！』

『還打牌？』

『是呀！』

他們站在太陽下，清楚的看見對方眼中的不安與忍耐！兄妹不應該是這樣的，同船共渡且要修得五百年呢！她焦躁得幾乎要哭起來……

『我要結婚了！』孟珏突然說。

『眞的？太好了！』

孟琳不知道別人的妹妹聽見這樣的話，應該做出怎樣的反應，而她，只在調整自己的音調，讓對方聽起來像是喜悅自然的。除了母親，這是她在世間唯一的親人了！可是，怎麼辦呢？他們不懂得如何相愛。

『琳琳！』

沉默片刻的母親終於找出新的話題：

『妳有一個同學叫蘇什麼容的，是什麼時候的同學？』

『高中和大學都同學，她叫蘇可容，怎麼？』

『她今天打電話給妳！』

『哦？』孟琳著實有些意外，蘇可容大約有半年沒有消息了，竟又突然出現。

她捧起碗碟送進廚房，一邊扭開水龍頭一邊問：

『有事嗎？』

『有啊！她要訂婚了！』

『什麼？』

孟琳猛地扭上水龍頭，緊緊靠著水池不敢動。

『她要訂婚了，請妳去參加！』

訂婚？蘇可容？訂婚？不！這是不可能的！她、她竟然要訂婚了？

孟琳怔忡地，擠了一碟子洗潔劑，她再開水龍頭，沖出一池泡沫。蘇可容！他們都說她和蘇可容是最好的朋友！最好的朋友要訂婚了……可是呵，蘇可容曾經滿面淚痕，攀著她的脖子哭泣著：

『我這一輩子，永遠不嫁人了！』

她原來眞以爲蘇可容一輩子都不嫁人了，誰知道……秦展揚！你的容容終於訂婚了！

『琳琳！』

母親殷勤的走到廚房中，過度熱心地問；

『妳去是不去？』

她回頭，思緒雜亂的，無言以對。

『人家還等妳電話呢！聽說要嫁個留美博士，眞不容易啊！』

她的心一下子沉到底，留美的？難道會是……

『他姓什麼？』

『我哪知道？只曉得是個留洋的，可是有前途得很呢！』

糊塗！孟琳暗罵自己，秦展揚並不是出國去唸書的，怎麼可能修得博士？

『這年頭，有前途的人也太多了！』她冷冷地道。

『是啊！怎麼妳就碰不上一個呢？』

母親望著她離去的背影，語氣是尖刻的。她恍若未聞，青著臉，快速地走回房裡。

『記得給人家回個電話！』

母親直著嗓子喊，她的答覆是沉重的關門聲。

2

孟琳躺在床上，聽不見雨聲，卻清楚的知道，綿綿細雨正無聲無息地飄著……她翻一個身，黑暗中，秦展揚的聲音低低的在耳畔響起：

『假如我在認識容容之前，先認識妳，我一定……』

他的眸光如此熱切眞摯，他的手指，輕顫地觸她恣意生長的眉毛，他因痛楚而糾結的眉峰，令她心碎。她勾住他的脖子，使他俯下頭，面對她：

『你要愛我！你是我的——』

他總不能抗拒她，看第一眼就知道了。上帝能創造細緻溫柔的可容，竟也容許周身都是稜角而依舊光采動人的孟琳存在。是他命中注定的孽緣，她是他的魔星，得不到他，便想毀掉他，他有時候簡直怕她，卻不能抗拒她。

他終於吻上她的唇，然後，抬眼凝注她：『我將會一無所有！孟琳……』

他深深歎息，她踮起腳，尋他的唇……誰眞的想要『有』呢？想要擁有，必須付出代價的。她不要付代價，當蘇可容與秦展揚相偕出現在她面前時，她簡直到了忍無可忍的地步，憑什麼蘇可容就是天之驕女？憑什麼一切美好的事物都該屬於蘇可容？

『其實，我也不知道……』蘇可容談起他的時候，只是這樣說：

『從小就在一起，他對我好！……根本談不上什麼刻骨銘心之類的！』

跟這樣的男子談戀愛，竟然沒有『刻骨銘心』？

孟琳點燃了他的生命，給他刻骨銘心的愛情，卻也將他推進痛苦的深淵。她緊盯著他的眼睛：

『告訴她，你愛我！』

『不！我不能！』秦展揚痛心地閉上眼，對一切無能為力。

蘇可容也陷在不安與恐懼中，她總在寢室裡拉著孟琳哭：

『我知道他心裡有人，他為什麼不告訴我？』

『他不敢！』

孟琳定定地坐著，幾近冷酷的望著蘇可容。

秦展揚終於決定要走了，不要蘇可容，也不要孟琳。如他自己所說的，『一無所有』！

臨行，他百般逃避蘇可容，倒是約了孟琳見面。

『妳們曾經是那麼好的朋友……』他說。

『愛是無罪的！』她竟然唇角帶笑，很佻達地：

『你不要增加我的罪惡感。』

『孟琳！妳究竟是愛我？還是報復容容？』

她一凜，瞪大了眼睛，眸子晶亮，嘴唇緊抿。他竟然問她是否愛他？

『妳爲什麼恨容容？』

『誰說……』她必須咬住下唇，穩定話語中的顫抖：

『我恨她？』

『我看得出來。』

孟琳驚駭地望著他，假若他說得正確，她倒是第一次面對這項事實，令她無法接受的事實。

『我請求妳，放過她吧！』

秦展揚的眼中閃著淚光，他的話語因激動而哽咽：

『一切罪過讓我帶走，讓我一個人承擔。就算上天讓我死，我也沒有怨言。』

孟琳癱軟地坐著，她絕望的垂下眼睫，他可以爲蘇可容去死——她算什麼？依舊是蘇可容的手下敗將。

秦展揚走了。人前人後，孟琳、蘇可容仍是拆不散的好友。

蘇可容將失意與創傷在狂歡之中發洩。她去參加各種舞會，深夜才扶醉而歸。孟琳夜夜守候，服侍她上床，聽她狂言醉語，爲她清除嘔吐的穢物。孟琳並不勸她，由著她鬧，甘心情願地受她折磨。直到那一天，蘇可容半個身子垂下床，拉住孟琳的頭髮，死命地嚷叫：

『爲什麼？妳說爲什麼？他爲什麼要走？他爲什麼不愛我？』

孟琳扳開她的手指，掙扎著，將她扯下床來。孟琳本來正忍著反胃的腥臭，爲蘇可容清理嘔吐的穢物，一陣撕扯，使她爆發開來：

『他都是爲了我！蘇可容！妳聽清楚！他是因爲我才不要妳的！』

蘇可容坐在地上，長髮披散一臉，她睜著惶然的眸子：『爲……爲什麼？』

『因爲他愛我！』

『不會的！妳……妳騙我……』

蘇可容搖頭，吃力地往床上爬。孟琳一下子把她拉回來，讓她對著自己：

『我說的是眞的！』

『不！我不相信，妳……不要再說了！』

『我要說！妳給我聽著，秦展揚愛的是我，我們瞞了妳一年多，妳就像傻瓜一樣，什麼都不知道！妳想當一輩子傻瓜嗎？傻一輩子嗎？』

孟琳聽見自己的聲音像催命一樣尖銳地響著，她猛地煞住，幾乎不相信自己會如此瘋狂。

蘇可容委頓地上，她的聲音如游絲般微弱：

『求求妳……不要再說了！』

孟琳跪坐在她面前，心虛地不知如何是好。她只能睜大眼眸，心臟劇跳，顫慄地盯著可容。

『我好睏……』蘇可容爬上床，把臉埋進枕中：

『我要睡……』

孟琳呆呆地跪坐在原地，她坐了好久，不知道下一步該怎麼辦？這些話，絕不是出自本意。她並不想報復可容，她從不恨可容。這一切都是秦展揚意欲脫罪的託詞，而她竟然眞的入他彀中，她坐著，心中沸騰翻攪……

第二天早上，孟琳醒來，便看見一襲白裳，光潔的蘇可容，在餐桌上放一碗香稠的燕麥粥，偏頭對她微笑：

『快起床吃早餐，要不然，就要遲到了。』

孟琳穿衣服，梳洗進餐，一直暗暗注意蘇可容的神情。最後，她終於忍不住孤注一擲：

『可容，昨天晚上……』

『眞對不起！我醉得很厲害，一定給妳找了麻煩。』

蘇可容果眞笑得歉然。

『沒關係……』

孟琳猶疑地，她的直覺告訴她，蘇可容昨夜並沒有『醉得很厲害』。

蘇可容緊接著的言行舉止，證實了孟琳的想法。

即將畢業的那兩個月，她們由彼此冷淡到儼然陌生人一般。雖在同一個屋簷下，卻全然看不見彼此。起初，這種狀況令孟琳幾乎崩潰，她也想著搬走，但，她住在這樣幽靜的環境裡，以替房東準備升學的兒女補習抵付房租，實在沒有能力，也不甘心去他處賃屋。奇怪地，蘇可容經濟條件寬裕，卻也不搬走。

如果妳能忍受，我必能甘之如飴。孟琳這樣想。

畢業考期間，孟琳在校園碰到蘇可容班上的同學，那女孩陪伴孟琳走了一段路，說的全是蘇可容的事。她說蘇可容近來聲譽很不好……身體和精神狀況也不好……她說蘇可容整個兒變了，從秦展揚離開之後就變了，實在教人擔心，這樣下去不是辦法……女孩突然呼喚一直沉默不語的孟琳，孟琳回神，蹙眉望著她。

『妳得勸勸她，孟琳！妳們是最好的朋友……』

孟琳蕩了很久才回去，她的臉依舊是緊繃的。開了門，沒有蘇可容的影子，拉著的神經放鬆了。她把自己擺在籐椅上，伸長雙腿，好久沒有這樣舒適了。她闔上眼，去嗅著夏夜空氣中的芬芳……突然，她聽見一聲抽泣的呻吟，幾乎是彈起身子，她大聲問：

『誰？』

然後，便怪自己愚蠢，在那閉著門的浴室中，除了蘇可容，還會有誰？

她坐不住了，開始焦躁地在室內踱來踱去，蘇可容繼續呻吟，夾雜啜泣，究竟是出了事？或許只是發洩？

孟琳極力地想找事做，或許乾脆一走了之，但，她終於敲了浴室的門，無禮地喊著：

『蘇可容！妳在幹什麼？』

裡面寂然無聲，孟琳等著，然後沮喪的放棄，她正要走開，竟聽見蘇可容微弱的呻吟：

『救……救我！好多、血！血——』

呻吟轉爲哭泣，蘇可容痛苦的哭聲，令孟琳肝膽俱摧，她用力拍門：

『開門呀！妳！快開門！』

『我要……死了……』

『不要！』

孟琳顫抖地大叫，她用盡力氣去撞門，用腳去踢，拿手去捶……然後，她突然停住，往門口跑，到門口卻又折回，敲著門大喊：

『妳等著！可容！我找人來救妳！妳等我——』

她飛跑下樓，又哭又叫的捶房東的門，房東一家人正在進餐，看見她的歇斯底里都嚇壞了。

孟琳拉著房東先生，瘋狂地喊叫：

『求你們，幫我……救可容！她要死了！她要死了！她要死了——』

房東夫婦一邊跑上樓，一邊問蘇可容人在那裡？孟琳無法回答，只一聲聲淒厲地重複：她要死了！她要死了！她要死了——

房東太太是教徒，當蘇可容在急救的時候，把一個十字架項鍊取下來，掛在孟琳頸上。孟琳從沒有信仰，卻完全聽憑擺佈，甚至隨著房東太太祈禱……

蘇可容是用孟琳新買的水果刀割裂手腕的。孟琳一直以爲她們彼此漠不關心，誰知道，蘇可容竟然注意到她新買的刀子。

孟琳始終沒問蘇可容爲何輕生，蘇可容也不提。她們在臺中多住了一個月，爲了讓蘇可容養傷補身體。孟琳每天隨房東太太上市場，換著各式的菜樣給可容吃。曾經，蘇可容爲她做的；如今，她爲蘇可容做。只是，再走不回從前了，她們兩人都了然於心。

蘇可容的傷口長得很好，只有一條細細的紋路，旁人不留心是看不出來的。孟琳卻每每覺得怵目驚心，那段時間，她使用任何一種刀，都會誤傷自己。

七月的一天清晨，她醒來，就著晨光打量熟睡的蘇可容，突然有一種欲泣的狂喜。感謝天！她還活著。假若她死了，恐怕全世界的人，都會以爲她是殉情而死；爲秦展揚而死……感謝天！她還活著。

回到臺北，如今算來，已是第四年了。蘇可容重新扮演乖女孩的角色，無怨無尤的聽從父母安排相親。剛開始兩年，蘇家夫婦因爲秦展揚的事，還不敢太積極。近兩年才眞正大張旗鼓起來，孟琳約略聽說蘇家夫婦爲女兒物色對象的挑剔時，禁不住在心中冷笑，沒有人比她更知道蘇可容了！就像她腕上那道紋線，縫合得再成功，終究留下痕跡。別人不知道是怎麼回事，孟琳可太清楚了。

最近一次見到蘇可容，是半年以前，可容約她見面，說是心情低沉，想和她聊聊。

蘇可容一向比較瘦，精神差的時候，看起來更憔悴。可容告訴她，家人催促婚事，令她不知如何是好。

『找個好的，嫁了吧！』孟琳輕鬆地說。

『妳知道我……』

蘇可容的眼光黯然，落在茫茫遠方：

『我怎麼嫁人？』

孟琳心中升起一股悲憫，秦展揚剛走的時候，蘇可容曾攀著她的脖子，哭著說不嫁人的話。而今說同樣的話，卻已是迥然不同的心情與光景。

『其實……也沒那麼嚴重。』

孟琳嘴裡安慰蘇可容，心中卻不是這樣想。不嚴重嗎？究竟嚴不嚴重，只有她自己心中最明白了。等著瞧吧！可不是我咒妳，可容！世間只怕沒有這樣大度量的男子。

而她竟然眞的要訂婚了。

怎樣的一個男子？眞的愛她？或只是被她那天使般的純潔外表所眩惑？

一個留洋的博士，自小就被書本壓迫著，深度的近視眼鏡，光禿無髮的頭頂，微隆的小腹……猛地見到蘇可容，便當她是個安琪兒一般的愛寵！而蘇可容……一個女子能有多少歲月可供揮霍？多少青春可以蹉跎？可容究竟是聰明的。她經過那些風雨折磨，也該有個歸宿了。孟琳眞誠的為她歡喜起來，她那憔悴黯然的神情始終盤在孟琳腦中，而她竟然就要訂婚了。

『妳和她不一樣。』秦展揚曾經這樣說：

『妳容易恢復！容容要是受傷害，只怕永遠好不了。』

秦展揚！你的容容那裡是眞的要你？估計錯了！你、我，我們都錯了！

蘇可容是如此聰慧！孟琳昏亂地想著，眼皮愈來愈重。

愚笨的其實是我們，秦展揚！是我們！

3

孟琳曾經試著打電話給蘇可容，準備了許多體面的話要說。那個晚上，她打了十幾次都沒打通，最後，忿忿地摔下話筒。

母親的眼光從電視上收回來，大聲嚷著：

『幹嘛呀？我的電話可沒招惹妳大小姐！』

孟琳走開不說話，她沒有那麼好的興致和母親拌嘴。只有在年少的時候，因爲妄想改變什麼，才幹那種蠢事。

蘇可容的請帖寄來了，不同於時下的印刷製品，而是絹製的，精美的設計。母親關心的是更實際的：

『他們在那裡請客呀？』

孟琳唸著飯店的名字，母親睜大眼，誇張的嚷著：

『嗳喲！不得了！這是臺北新開的大飯店。乖乖！他們可眞有錢啊！』

『大飯店有什麼？』

孟琳把請帖裝進信封，一時倒不知該放在那裡。她說：

『大飯店的菜不見得好吃。』

『得了吧！』母親相當不以爲然：

『這年頭，誰還欠吃欠喝的呀？人家講究的是氣派！是場面！妳懂不懂？將來，妳要有人家一半兒，我就祖上有德了！像妳哥哥，悶聲不響的公證結婚，什麼意思嘛！擺明了教我難堪！教我抬不起頭——』

『公證結婚又怎麼樣？』

孟琳打斷母親的話：

『人家現在也有了兒子。』

『兒子是他的，干我屁事！』

孟琳猛地有些傷感，世上這些令人喜怒嗔怨的事，要認眞算起來，又有幾樁是與自己眞有關連的呢？

但，她仍去買了一套洋裝，花了四千多塊錢，並不是她眞正喜歡的樣子，她眞正喜歡的，似乎總是那些買不起的。買了洋裝回家，才發現沒有一雙可以搭配的鞋。於是，她在沉陵街挑了一雙兩千多元的鞋，她相信，一雙舒適合腳的鞋子，能令人行動優雅有自信。

有了衣裳和鞋子，仍覺得自己不順眼，坐在鏡前打量良久，終於發現，問題在頭髮，她的頭髮長而直，顯得沒有精神。燙個頭髮，免不了又要兩、三千的。她不得不向母親伸手要錢，還得挑母親贏了錢的日子。這日子不好找，竟也讓她碰上了。

『有沒有搞錯呀？』母親免不了要嘀咕兩句：

『是人家訂婚還是妳訂婚啊？』

這話雖是無心，倒教她呆了一呆。結果還是走進髮型設計專門店，連燙髮帶護髮，又花銷了二千五百元！頭髮成了短而捲的所謂『俏麗』髮式。

孟琳以前並不注意頭髮的，她相信自然的魅力。如今卻神經質的坐臥難安，生怕壓壞了髮型。

蘇可容訂婚的前一天，孟琳到住家附近的美容院去洗頭，老闆娘和老闆吵架，把她的頭髮吹得僵硬死板，就像一頂壓在頭上的帽子。她不習慣在外頭與人爭執，憋著一肚子氣回家。母親卻是笑臉相迎：

『蘇可容剛打電話來，叫妳明天一定要去！』

『嗯。』她沒好氣地。

母親心情倒很好，自顧地說：

『我告訴她，妳一定會去的。妳爲了她訂婚，又買衣服又買鞋，還去燙頭髮……』

『妳跟她說這個幹什麼？』

孟琳轉回身，不可抑止的憤怒。

『奇怪了！這有什麼不能說的？這表示妳們要好啊！妳兇什麼？』

『我、我不去了！』孟琳咬牙地說。

『妳發神經啦！』母親咆哮起來：『花了四、五千塊錢，妳不去了！錢那麼好賺呀？』

『我就是不去了！』孟琳鐵青著臉，瞪視母親。

『妳……』母親壓抑下憤怒，轉爲漠然的冷淡：『妳不去就不去！與我有什麼相干？妳想怎麼樣，就怎麼樣！我這個老娘也不指望妳！』

孟琳虛空的站著，每當這種時候，她便相信母親必然曾是個好演員，否則，不可能如此迅速的變換臉色。

而當她蓄意發洩，打算大吵一架，母親豎起的免戰牌，卻令她沮喪，有挫折的氣餒感覺……其實這也是母親一直給她的感覺，永遠得不到安全感，不能滿足。

這又是一個失眠的夜晚。

天將亮的時候，她看見秦展揚站在無盡的綠地上，朝她凝望。她故意不看他，將眼光投向身後的一排樹。陽光下的樹葉，變成一大片白花花的光芒，像是即將融化掉似的模糊起來。

她再轉回頭，秦展揚給她的是個遠去的背影。她盯著看，努力使自己不出聲喚他。他走，讓他走吧！我何曾在意？何曾在意？何曾在意？何曾在意？

她張開嘴，猛地睜眼，醒了！才知是夢。

翻個身，她拿下壓在胸上的枕頭，才發現，心臟那樣撕扯地疼痛……夢醒了，心上的痛楚再度開始，永遠無法紓解。

上午九點鐘，母親應該去打牌了，尤其，今天又是假日，卻不知她爲什麼磨蹭著不出門。

孟琳穿著睡衣，坐在梳妝臺前，緩慢而仔細地畫眉毛，她的眉毛其實已夠濃重了，根本不需要畫。因此，畫好之後，便又抹上卸妝油用力擦掉。

她實在找不到什麼事可以做，聽著母親來回走動發出的聲響，愈覺心煩。這樣的一個星期天，竟然沒事可做，也無處可去。她忍不住問自己：這些年來，妳究竟在做些什麼？竟然連個消磨時間的男伴都沒有，簡直窩囊！

狠狠摔下髮梳，她站起身，準備再度上床。電話鈴響了，她暗自慶幸。眞好！母親的牌搭子來催了，可得出門了吧。

『孟琳！』母親揚聲喚：『妳的電話！快點！』

孟琳開了門，沒幾步路的距離，她也拖拖拉拉，急得母親直瞪眼：

『快點行不行？』

她拿起聽筒，對方和悅的聲音喚著：

『孟琳嗎？』

她一驚，差點以爲是蘇可容，結果只是可容的姊姊蘇可寧。她們見過兩次面，蘇家的女兒幾乎都是一個模子倒出來的，修長身子，象牙白肌膚。五官輪廓都是淺淺薄薄的。不像孟琳，眉眼唇鼻都著力雕成，又深又重。

『容容叫我打電話來，她一直沒妳的消息，怕妳不來了！孟琳！妳會來吧？』

孟琳乾澀地，拿眼睛去看母親，母親坐在椅子上剪腳趾甲，頭也不抬。

『可容……可容呢？』

『她去化妝了，待會兒直接去飯店。訂婚典禮是十一點，十一點半入席……哦，妳等一下！』

不知道蘇可寧去忙什麼，聽筒放在音樂盒上，音樂盒的發條大概鬆了，『少女的祈禱』變了調，倒像是在哽咽。一會兒，蘇可寧又拿起聽筒：

『好了！就這樣說定嘍！妳知道地方吧？』

『我……知道。』

母親說過是臺北新開的大飯店，她奇怪母親對這些事倒清楚得很。

『那太好了！咱們待會兒見！』

對方急著掛電話，她也匆忙道再見，像是歡喜又急切的樣子。

母親不知是何時離開客廳的，孟琳走回自己房間，拚命刷著頭髮，希望看起來自然一些，可惜，沒什麼效果。她只好淋濕頭髮，重新梳吹。經過自己的調整，無論成果如何，看起來順眼得多。

接著，她把化妝品一樣又一樣的在臉上搽勻，當她拿起唇筆勾畫唇型的時候，母親來到門口，一手撐在門框上，揚起手中的皮包：

『我出去了！妳自己在外面逛逛，吃了晚飯再回來！』

『嗯。』

孟琳專心地勾描，從鼻中發出聲響，算是答覆。母親的手臂垂下來，像是要走了，卻又蹦出一句：

『別儘顧著吃！妳也把眼睛睜亮了，好好瞧瞧！』

母親走了，關上門。

孟琳卻動也不動，握著唇筆的手，就那樣定定地停在半空中。瞪著鏡中的自己，那勾好形狀尚未塗唇膏的嘴唇微微開啓，倒有幾分恍然大悟的神氣與悲哀……

4

孟琳一下計程車，就看見金碧輝煌的飯店門口豎著『張蘇府喜事』的牌子，這才知道準新郎姓『張』。難怪了，這樣普通平凡的姓氏，據說佔全中國人的十分之一，修得博士的機率自然高得多了。

她高仰起頭，由門口的侍者指引，走到簽名枱前，在鬧烘烘的人聲笑語裡，寫下自己的名字。回轉身，她便愣住了。

在她的想像裡，大概只有三、五桌，誰知道，整個大廳都是賓客，兩條長桌上鋪著潔淨的桌巾，燭火熒熒，桌面是一盆又一盆鮮花，場面豪華遠超過她的想像。不過是訂婚罷了！孟琳想著，如此鋪張未免有些小題大作了。

兩名女客從她面前談笑而過，在這些客人之中，她穿著這套原本就不合意的洋裝，顯得渾身不自在。想到自己的頭髮，不曉得被風吹亂了沒有，她留心地四面張望，想到盥洗室去理一理。

有人喚她，她轉頭，看見高梳髮髻的蘇可寧向她走來。

『妳來啦！』

蘇可寧穿一套全緞的中國式服裝，髮間偏插一支古色古香的簪子，較結婚以前更豐腴，整個人是明亮的。她親熱地伸手挽住孟琳，孟琳對她微笑：

『我剛到！』

『走！我帶妳去看容容。』

孟琳隨著蘇可寧向人群中走去。蘇可寧時常要停下來，與客人寒暄幾句，因此，這段路彷彿永遠也走不完。

在禮堂前方，喜餅堆放成雙喜字，顯得特別醒目，孟琳沒注意那些盒子如何能巧妙的堆成字，倒估計了一下，起碼上百盒。

走過長桌子，孟琳看見桌上立著四個透明的字體，寫著『文定之喜』，每個字都有半公尺高，她原先不明白這些玻璃字體有何美感，定睛一看，上面隱隱冒著水氣，這才領悟到，原來是冰雕，不免暗自驚歎。

『容容只請了妳一個同學，還怕妳不來了。』

蘇可寧不忘對孟琳講話，以免她覺得被冷落了。體貼、溫柔，大概是蘇家姊妹的傳統美德。

『我一定會來的！』孟琳在嘈雜的人聲中費力地說話，企圖使自己的聲音清晰而誠懇：『聽說她訂婚，我眞覺得高興。』

蘇可寧停住腳步，推開一扇門，裡面又是一番天地。孟琳看見蘇家夫婦，循例向他們道喜，他們的喜氣簡直要從臉上流洩而下了。

『孟琳！』

蘇可容叫喚著。

孟琳看見她，卻遲疑地不敢相信。這個光采煥發，鮮麗奪目的女孩，竟然會是蘇可容。

蘇可容微偏頭，蜜梨一樣地甜笑著：

『認不出來啦？』

『妳眞漂亮，可容！』

孟琳走上前去握她的手，蘇可容順勢拉住她，依然抿著嘴，嬌靜地笑著。

蘇可容穿著一襲粉紫色的西式禮服，孟琳一向不喜歡紫色，卻發現，紫色原來也可以這樣美。這衣裳襯得她頸項優美細長。

她的妝化得偏淡，卻益顯得粉雕玉琢。假若唐朝的楊家姊妹『素面朝天』的故事，確是事實，那麼，從古到今，就有這麼許多女子，得天獨厚。

蘇可容站在那兒，活像一個剛烘焙成的白磁娃娃，光潔、瑩亮，惹人憐愛。黑緞似的長髮用粉紫色的亮光絲帶繫成長辮子，搭在胸前，額上稀疏的瀏海平添幾分稚氣。從任何一個角度來看，都是無懈可擊，只是，孟琳不明白，她何以能夠如此完美無瑕？

『聽說我要結婚，有沒嚇一跳？』

『跳什麼？高興都來不及。』孟琳笑著：

『這個場面可眞大！』

『沒法子！我是么女嘛！結婚典禮又要在美國舉行，爸媽堅持在臺灣也要好好熱鬧一番……』

蘇可容突然想起，挽住孟琳，神情感傷地：

『我一直沒機會告訴妳，下個月底，我就要走了。那，以後……』

『以後還是會見面的！』

孟琳笑著逗她：

『瞧妳！放心啦。妳不回來看我，我也會去看妳的。』

她說著，心中空空地，沒一點不捨的憂戚，不知是心中早有準備？或是一時還沒能意會？也許，真的，以後就不會見面了。而她們曾在彼此生命中劃過那樣深的痕跡。

『容容哇！』

一個五十多歲的婦人盛裝而來，一下子把可容擁進懷裡，孟琳連忙讓開，躲不開的卻是陣陣香氣，代表這種階層與身分的氣息。

『蘭姑姑！』

蘇可寧和可容同聲呼喚。

那位蘭姑姑拉過可容仔細打量，從頭看到腳：

『我的小丫頭！幾年沒見，出落得這樣標緻，蘭姑姑要在街上看見，可真是不敢認嘍！虧妳還記得我這個老太婆，啊？』

房間中的人都笑著，孟琳也莫名其妙地跟著笑。

蘇可容親暱地靠著蘭姑姑，她的聲音清楚悅耳地傳入每個人耳中：

『蘭姑姑才真是沒變呢！您不認得我，我可認得您。誰不知道您是蘇州大學校花哪？』

一屋子人都跟著起鬨，又嚷又叫，把那蘭姑姑樂得花枝亂顫起來，摟著可容直誇她嘴甜。

孟琳站在一旁，清楚地看到蘭姑姑麵包一樣發酵的面容上，垂著兩個眼袋，嘴角眼梢的皺紋，已到了化妝再濃仍舊不堪的地步。這距離『老太婆』已然未遠的女人，竟然曾是蘇州帆影重重裡的佳麗，與總是沉迷舊夢的母親又有什麼差異？孟琳想著，竟至怔忡……

有人拉她的衣袖，孟琳回神，是笑意盈盈的蘇可寧。

『有件事和妳說。』

蘇可寧將孟琳拉到牆角，低聲道：

『待會兒席散，拿了喜餅再走，還有……不要說再見。』

『不說再見？』孟琳驚異地：

『我沒聽過這種事。』

『說起來也是迷信，可是……長輩們忌諱這個，妳知道，父母總是這樣的嘛！』

『我知道！』孟琳連忙點頭，否則，倒像是存心彆扭似地：

『妳放心！我會的。』

蘇可寧捏捏她的手。真奇怪，孟琳心想，這兩姊妹連表示感激的方式都是一樣的。

蘇可容把蘭姑姑交給父母去應付，抽身又到了孟琳身邊，對蘇可寧道：

『二姊！去看看他來了沒有？』

『急啦？』蘇可寧調侃地，舉起腕錶給可容看：

『也不羞！時候還沒到呢！他去接他姑父去了……』

蘇可寧笑著躲開可容的捶打，走開了。可容頰上仍帶著嬌嗔的情態，轉向孟琳：

『這飯店就是他姑父開的，我們訂婚，也都靠他姑父安排……』

『你們怎麼認識的？』

『相親啊！』蘇可容眨著眼睛，一派天真：

『反正我很有經驗了。』

『他長得什麼樣子？』

『嗯……』蘇可容帶笑思索著：

『男人嘛！我也說不上來。他們告訴我，說他三十幾歲，我一看，嚇了一跳，直吵著他們騙我……』

『怎麼？』

『待會兒看了就知道了嘛！』

蘇可容既然不說，孟琳也不便表現出太好奇的樣子，只好轉移話題。她伸手拉拉可容烏亮的髮辮：

『好長的辮子。』

『哎喲！』蘇可容驚惶地從她手中扯回髮辮，倒把她嚇了一跳。

『是假的啦！』

蘇可容低聲急促地說，有些怨怪她魯莽的意思。

孟琳頓悟，原來是假辮子，這年頭的化妝技巧可眞是以假亂眞，天衣無縫。

從踏進飯店以來的不自在與壓迫感突然消失無形了。孟琳盯著蘇可容翹而密的睫毛，幾乎可以肯定：那必然也是假的！

蘇可寧拿著粉盒過來，幫可容補妝，說是時間差不多了。孟琳看看錶，已經十一點十五分了。這間休息室裡的人愈來愈多，令人氣悶！美國留學回來的博士又怎麼樣？還不是改不了中國人遲到的壞習慣。彷彿所有賓客的時間都應該與他們耗著，難道他們不知道時間的可貴嗎？晚一分鐘，就可能耽誤天大的事，甚至可能丟掉性命……孟琳的思維停住，她謹愼悄然地移動目光，去找尋蘇可容的左手。可容恰巧抬起左手撥弄額前的劉海，孟琳驚愕地看見，在她左手腕上，繫著粉紫色的緞帶，蝴蝶結紮得靈巧。

那緞帶繫在手腕上，顯得自然又討喜，將她的手臂襯得瑩白。

這究竟是無心或有意的『傑作』呢？無論如何，孟琳深吸一口氣，她知道這緞帶下面的秘密，她知道蘇可容的一切，這整個房間中，也只有她一個人知道……

屬於孟琳的薄弱的優越感悄悄升起，她的唇角，終於牽起一個發自內心的笑意。

『新郎來啦！』

房間內外突然掀起騷動，人們將門口讓出來，臉上都有期待興奮的神色。

『來了！來了！』

蘇可寧忙著收起粉盒，護衛似的挽住蘇可容。

孟琳站直身子，她的心像被人緊揪住似的縮著，無法紓解的緊張起來，謎底馬上就要解開了——

那個男人，穿著剪裁合宜的正式禮服，大踏步地走進來，與蘇先生握手，然後擁抱蘇太太。孟琳看不見他的正面，只看見他的中等身材，比蘇先生還矮一些。然而，在禮節上，卻是相當西化的。

終於，那男人轉過身，張開雙臂，走向蘇可容。孟琳正式與他照面了。心中一驚，只因爲這個頭頂禿、小腹圓的男人，比她原先想像的還糟！他要不是早衰得太厲害，就是欺瞞了年齡，他看起來最少也有五十歲。當他擁抱蘇可容的時候，穿著高跟鞋的可容，足足比他高半個頭！更重要的是，他周身沒有一點書卷氣，卻有十足的商人架式。孟琳看著那男人手上兩枚碩大的戒指，不禁深深地爲蘇可容歎息……爲什麼嫁他呢？只因爲他有錢？他的模樣可當妳的父親了！一向細緻唯美的妳，清晨醒來，又將以何種心情面對枕邊人？這就是蘇家夫婦精挑細選的金龜婿嗎？這可是一輩子的事啊！可容！

孟琳眞心地憐惜起可容，究竟，她們是十年的朋友，不管曾經發生什麼事，蘇可容如今亭亭如花，美貌青春，而這個庸俗的男人……孟琳轉開視線，想看看蘇家夫婦的表情，而門口正有一個年輕高大的男子邁入。

孟琳突然亮起眼，這男子穿著黑色西裝，戴一副金絲邊眼鏡，長方臉，薄唇上揚，帶著笑意，那笑容竟有些稚氣，而儒雅溫文盡堆砌在眼角。母親臨出門前的話扣著孟琳的心，她不禁挺起背脊，深吸一口氣。

這名年輕男子吸引了房內所有人的注意，蘇家夫婦親熱地上前拉他的手。他啓齒，便見一口燦亮的白牙，那模樣既年輕又好看，幾令孟琳神往。

『爸爸！媽！』

那男人含笑呼喚，孟琳聽得清晰，卻覺得混亂，這人爲什麼這樣稱呼蘇家夫婦？可容並沒有弟兄，這也不像可容的姊夫，她大姊、大姊夫在美國，二姊夫也不該如此年輕……

先前進來的男人擁著可容走上前，將可容的手交給年輕男子。年輕男子眼中蓄著深情，用雙手握住可容，興奮地說：

『謝謝姑父！』

眾人笑鬧鼓掌，擁簇著新人走出房間。

孟琳獨自站立，羞辱、憤怒而頹喪，她被欺騙了，有生以來最惡毒的欺騙，罪魁禍首卻是自己！天啊！有什麼事比被自己欺騙了更悲哀的？

這麼豐盛的菜樣，的確是孟琳平生僅見，這裡不僅有場面、有氣派，也注意到味覺的享受。從中午十二點開始用餐，這滿滿兩張長桌子的自助餐，彷彿永遠也吃不完。大人孩子們都紅著臉，個個容光煥發，盤中堆積的食物使他們精力旺盛。

在這人聲鼎沸的大廳中，只有孟琳是衰弱的。靜靜坐在一角，忽而發冷，忽而發熱，這兩個小時像是極大的刑罰，她忍受著，不知何時才能結束？緊緊盯著桌上冰雕的四個字，如今放置在大型的雞尾酒盅裡，已經融化得差不多了。『文定之喜』拚命淌水滴，像是恨不能立刻消解無形一樣。孟琳狠狠盯著，也恨自己不能從這宴會中消失，或者乾脆就從這個世界上消失……

孟琳看得入神，沒注意到追跑過來的孩子，像陣旋風似地捲翻她手中的盤子，那些精巧的食物像爛泥一樣摔在地上，她立即驚跳起來。有兩名服務生走過來，彎腰收拾，孟琳不知所措地站著：

『不是我……我是……。』

『沒關係。』

其中一名服務生含糊地說著。淺色的地毯最難料理，孟琳看著，禁不住地說：

『眞是對不起……。』

那名服務生抬起頭，不耐地望著孟琳，用冷淡而生硬的口氣說：

『我說沒有關係，小姐！』

孟琳愕然，像被打了一巴掌的窘迫，她慢慢轉身走開。不該來的，今天，根本就不該來的。爲什麼要來？讓自己陷於這樣的情境之中？她背上皮包，走吧！一分鐘也待不住了。

『孟琳！』

蘇可容迎面而來，挽著她的未婚夫，那位怎麼看也不像三十許人的『張博士』。

『我一直都找不到妳！』蘇可容說著，打量她：

『妳怎麼啦？不舒服？』

『沒有啊！』

孟琳掩飾地，她驚於自己的失態已是化妝所不能遮蓋，她的臉色必然壞透了。

『我來給妳介紹……』可容微仰頭看著身旁男子。

『張文洋！』那男子咧嘴笑著：

『妳是孟琳！久仰！』

張文洋？或是張文揚？孟琳揚起眉，蘇可容很快地接口道：

『文章的文，海洋的洋。』

到底，她們是有足夠的默契。

孟琳笑起來，伸出手：

『恭喜你了，張先生。』

張文洋握住孟琳的手，一陣柔軟溫暖的感覺整個包住她的手，她的臉上沒來由地湧起一陣紅潮。

『妳比我想像的還漂亮。』

感謝他的這句話，使孟琳的臉紅事出有因。孟琳不禁輕鬆一些。

『哦？你有機會「想像」嗎？』

張文洋一時間還無法意會，倒是蘇可容說道：

『我常跟他提起妳呢！』

『是啊！』張文洋終於明白，他接口道：

『容容說妳們是最好的朋友。』

孟琳分不出心中是什麼樣的滋味，上天注定她們要成爲好友，到底是幸？或不幸？

『以後，歡迎妳到美國來玩，來了就到我們家來住。』

張文洋說著，與蘇可容對望，可容說：

『一定要來！他們家好大，還有牧場，我們可以騎馬。』

『好啊！』孟琳笑得很開心的樣子：

『一定要去的，我連馬長得什麼樣子都沒見過。』

『眞的？』

張文洋非常驚訝地。孟琳也驚訝，卻是因爲他的純良。蘇可容笑不可抑地握拳輕捶張文洋：

『她哄你的！以前我在臺中唸書，她帶我去馬場，教我騎馬呢！』

張文洋握住可容的手，拉到自己背後，仍捉在掌中，絲毫不肯放鬆，可容也就順勢貼近他。

『你只准我去看她，可放不放她回來啊？』孟琳瞧他臉皮薄，倒存幾分逗弄之心。

『我陪她回來。』

『我要有話單獨跟她說呢？』

『我坐在門口等。』

『我們要說一夜呢？』

張文洋笑起來，勝券在握似的：

『妳們要能說一夜，我怎麼不能等一夜呢？』

『傻子！』

蘇可容笑著說他，眼中卻異常晶亮。聽了這樣的話，連孟琳都惻惻然，何況是身在其中的蘇可容了。

望著他們走開的背影，孟琳不明白，何以一次又一次，蘇可容都站在快樂的頂端，總被幸運之神寵愛？而她，她們一樣地生活著，老天卻總吝惜給她一點眷顧？這究竟是爲了什麼呢？

『文定之喜』已全部融化，也到了曲終人散的時候。

蘇可容不知何時換上一件淺粉色的緞子旗袍，玲瓏曲線畢露無遺，與張文洋併肩站在門口送客。蘇可寧張羅著給客人喜餅，一邊重複叮嚀『不說再見』的話。孟琳接過喜餅，覺得可笑又可憐，難道一個女子的幸福，就是這樣得來的嗎？但，她仍小心地控制自己的舌頭，一邊注意別人的告別方式。

蘭姑姑就在孟琳前面，一邊走出去，一邊聒噪著：

『我說這年頭女兒可比兒子爭氣，我那幾個兒子就沒一個有出息。容容啊！出國以前一定要到蘭姑姑家來玩哦！跟爸爸、媽媽和張先生一道來，蘭姑姑燒幾個拿手菜給你們吃。』

『太好了！蘭姑姑，我一定來。』

『就這麼說定嘍！咱們再連絡，我等妳電話。』

『好的，謝謝蘭姑姑。』

蘭姑姑走了，這樣多話的女人，竟然也能安全過關。

孟琳四下看看，除了蘇家至親，賓客差不多走光了。蘇可容向孟琳走來，孟琳連忙迎上去。

她們對望，微笑著。

『謝謝妳。』可容說。

孟琳深吸一口氣，搖了搖頭，輕聲道：

『祝福妳，可容！』

『謝謝！』

孟琳走向張文洋，微笑地：

『祝福你們！』

她說完，不知怎麼地鼻酸起來，連忙走出門，下了幾個階梯。可容在後面喚住她，她回頭。可容站在門口，眾人擁簇之下，熱切地對她說：

『要跟我連絡哦！一定？』

孟琳深深望著她，心中的淒楚緩緩泛開，她們是最好的朋友呵！她的僅只一次跪地祈禱，就是爲了可容……

『一定的！』孟琳有些痴迷地：

『再見！』

她被自己駭住了，這兩個字，是怎麼脫口而出的？天哪！我不是，絕不是故意的……

一切在突然之間沉寂下來，每個人的臉上都是驚恐，彷彿大難即將臨頭。蘇可容他們退了進去，自動門重重地闔上。孟琳懊惱至極的站立，假如說出去的話可以呑回來，即使呑下會死，孟琳也會呑下那兩個字！天知道，她眞的不是故意的！天，天眞的知道她嗎？她絕望地盯著那扇沉重的門。天從來不給她什麼，不爲她做什麼！

良久，她才抱著那盒喜餅走上紅磚道，腳步是失去控制的零亂。臺北的天空灰濛濛地，雲垂著像是隨時都要掉下來了。氣壓低得令人呼吸困難，這是什麼天氣？連天氣都要與她作對嚒？

孟琳在路旁鐵椅子上坐下來，將那盒喜餅放在膝頭，喜餅顫巍巍地，她突然悟到，顫抖的是自己，是自己惶然無依的心呵。

妳為什麼恨容容？秦展揚問。

我不恨她，我從來就不恨她的，秦展揚！我不恨她！孟琳張開嘴，卻哭不出來，再沒有人相信，她不恨蘇可容。她沒有機會解釋了，秦展揚走了！蘇可容也要走了！而她，她總是無處可去……

像個遊魂似地在街頭晃蕩，不知道要到什麼時候，她才能，才能得到安穩的休憩？她的家，是無意義的，從小時候就是如此。家，給她的只是一串鑰匙，與窒人的死寂。她每次關上門，便希望永遠莫再回來……

沁涼的晚風夾著細雨，孟琳依然沒有帶傘。

其實，她喜歡雨滴落在臉上的凜然感覺，尤其，當雨水滑下面頰的時候，恍恍然，她會以為自己流淚了。接著，便有一種紓解的快樂，自心底升起。

——一九八五·八·《明道文藝》

海水正藍。

1

七月的一個下午，我帶著鉛筆和筆記簿逃出悶熱的家——那幢日本式的花園平房，每到夏天，就成了令人難以忍受的烤箱了。

騎著新買的腳踏車，讓黃昏的晚風迎面吹拂，嗅著沿途不知名的草花香，望著群群歸鳥，縷縷炊煙，最後，在無垠的碧海邊停下。我是個愛海的孩子，只要到了海邊，踩著軟軟的細沙，讓浪花圈住我赤裸的雙足，便有一種無來由的平靜和喜悅。

打開小簿子，輕劃下一個『家』字，我決定寫一個離群海鳥千里尋家的兒童故事。十七歲開始，我在報上執筆寫了一連串淺顯的兒童故事，專欄定名爲『給小彤』，那年小彤剛滿週歲，至今已有六個年頭。雖然只是個地區性的小報紙；雖然小彤這兩年才開始識字，但，想到專欄上六年來未曾改變的『給小彤』三個字，我的內心深處便湧起一股無法止息的力量。

靈感來的時候，我唯恐追不上它，正寫得入神，遠方突然傳來童稚的呼喚：

『小阿姨！小阿姨喲——』

不可能，正唸著他，就來了？我回頭，夕陽下的沙灘一片柔和的金黃，依稀有幾條長長短短的身影跳動著，我迅速站起身，立即分辨出，那跑得最快，喊得最大聲的，就是小彤。我跑步上前，笑著迎他，想把他高舉起來，可是，他實在太重了。

『哎喲！』我笑著吻他被汗水濡濕的圓頰：『小彤又長大了。』

小彤踮腳攀著我的脖子嚷嚷：

『小阿姨！我好想妳！妳爲什麼都不到我家來了？』

我笑著揉他密密的短髮，對他說：

『小阿姨忙著寫故事給小彤看啊！』

『我不看故事，只要看小阿姨！』

『嘀嘀嘀！』我笑擰他的腮幫：『小嘴愈來愈甜囉！你乖不乖？有沒有聽話？』

他點頭說：

『我是很乖！很聽話！可是，沒有用嘛！』

他的笑意一下子消失了，取代而來的是心有餘悸的、不應當屬於他的嚴肅：

『爸爸媽媽還是天天在吵架。他們要離婚了——』

我楞在那兒，無言以對，大姊牽著雪雪走來，雪雪掙開她母親的手，小小的身子向我撲來，我抱住她，雪花似的柔軟輕盈，一雙無邪的大眼睛眨呀眨地盯著我瞧。我拂開她粉紅面頰上細軟的髮絲，笑著問：

『雪雪！我是誰？』

『小姨姨。』童音軟軟的、甜甜的，蜜一樣的漾開來。

我放下雪雪，看著小彤自己除去鞋襪，又費力的替三歲半的雪雪脫鞋。這才望向大姊，她依然裝飾得華貴大方，但，薄薄的脂粉，根本掩不住眼角的疲憊與滿面憔悴。

『怎麼來了？』我問。同時，發現蕭亦珩，滿面笑意的站在一旁，忙接著道：

『蕭哥哥！你也來了？』

蕭亦珩走近一些，他說：

『我到妳家，正巧碧縈他們剛到，找不著妳呢！我一想準在這兒，就帶著他們來了。還好妳眞的在，不然，可交不了差了。』

我們三個人一道坐下，小彤正牽著雪雪踩海水，姊姊大聲叫著：

『過來！你們兩個！』

『我小心一點嘛！』小彤央告的眼光望向我。

『讓他去吧！』我說：『反正我們都在這兒。』

小彤和雪雪再度高興的在淺水裡跳著，笑著。姊姊收回眼光，她咬咬唇：

『我們決定離婚了。』

我一抬頭，與蕭亦珩的眸光碰個正著，我們同時掉轉目光望向大姊。她努力想做得輕鬆，卻徒然露出一個蒼涼的笑。

『意外嗎？下禮拜就簽字了。』

『剛才，小彤已經告訴我了。』我說，有些怨忿，這事爲什麼讓孩子知道？姊有些意外與驚訝，深吸一口氣，她喃喃地：『也好，反正早晚都要知道的——』

『你們又吵架了？』

『吵架已經不能解決問題了！我們現在到了彼此都無法忍受對方的程度，連話都沒法兒說了——只有離婚！』

『眞奇怪！你們曾經說過的海誓山盟，甜言蜜語呢？全是假的？』

『哼！』大姊冷笑，她咬咬牙：『屁也不值一個！』

我不自禁地一顫，昔日那樣文雅、那樣溫柔的羅碧縈，眞的被婚姻折磨至此？消瘦、失神、狼狽以及時而顯露的粗俗。我不禁憐惜起她來。

『大姊！再試試看……』

『還試？兩年了！小妹，別人不知道，妳知道的。搞到後來，妳連我們家都不願來了，是不是？妳只是旁觀者，都受不了，何況我，我是當事人啊！』她的情緒再度激動起來。

『可是，妳總該想想孩子……』

『孩子！孩子！就是爲了孩子才拖到今天。我要孩子，我一定要孩子！』

『姊夫肯把孩子交給妳嗎？』

大姊搖頭，又搖頭：

『他知道孩子是我的弱點，要離婚，除非把孩子交給他。他說可以給我錢，不能給我孩子。他根本就知道，我是不要錢的——』

然後，我和大姊的眼光一齊望向沉默的蕭亦珩，他有些爲難的開口：

『民法規定，夫妻離婚後，除非另有約定，否則，子女的監護權，歸父親——』

『其實，我已經請教過律師了……』姊姊說，又一次失望。

『我想，姊夫並不要和妳離婚的——』我道。

『不錯！是我要離！因爲，我再也無法忍受他的所作所爲！到了這個關頭，他還想用孩子控制我。哼！沒有用了。我做了那麼多年的傻瓜，我受夠了！』

我抬起頭，天空有彩霞，有早出的星星，但，我心中充滿悲傷的情緒，一直擔心這件事的到來，它還是來了。

『妳……怎麼交代呢？』

『婆婆那兒，由他去說！爸爸那兒，由媽去說！媽那兒，妳去說……』

『很好！』一股欲哭的情緒升起：『孩子呢？誰去說？雪雪還不懂事，小彤已經很懂了，他什麼都知道，妳不可以傷害他。』

『我知道！我……』大姊的目光望向海面，她突然尖叫起來，我跳起身，海水中兩個小身子載浮載沉地掙扎著，蕭亦珩比我更快速的衝進海水中，一隻手臂夾著一個，把他們提上沙灘，上了岸，小彤才鬆開緊握雪雪的手。大姊衝上前，一把摟住出聲大哭的雪雪，我則上前擁住渾身濕透打顫的小彤。兩個孩子喝了幾口海水，都沒什麼事。但，姊姊開始止不住的哭泣：

『寶貝啊！媽的寶貝！』

她抱著小的，撫著大的：

『你們這樣教媽怎麼放心呢？怎麼放心呢？』

大姊抱著雪雪，蕭亦珩背著小彤，我走在最後，推著腳踏車離開沙灘，向家的方向走去，彩霞已經被黑夜吞沒，天幕上留下的是閃爍不定的滿天星星。

2

爲了大姊的事，在香港工作的二姊碧綢也拿了休假趕回來了。我和她一道去找姊夫談談，碧綢依舊是吉普賽女郎的味道，唇邊仍是不在乎的笑痕。見著姊夫，開門見山的問：

『大情聖！到底是要離婚了，啊？』

姊夫苦笑不語，我急切的：

『事情不會到這般田地，一定可以挽回的。』

『是她要離婚！不是我！難道叫我跪下來求她？這像什麼話？』

『好！』碧綢揚起聲音：『偉大的大男人主義！』

『公平一點，碧綢！小妹知道碧縈的自以爲是，不講道理。』

『我不想知道你們——』我說，可是，碧綢同時也在說，她的聲音壓過我的：

『反正是恩斷義絕了，不是嗎？』

『提出離婚的是她，妳爲什麼不問問她？』姊夫有些憤怒了。

『誰要離婚並不是重要關鍵！』碧綢聲音更大。

『好了，你們幹什麼嘛！』我的勸解一點作用也沒有。

他們兩人愈說愈激動，卻也離題愈遠。碧綢答應過我，要心平氣和的談，可是現在，姊夫的話勾起了她昔日痛楚的愛情創痕……

『夠了！你們！』我尖銳的聲音打斷了他們的爭執：

『你們只想到自己！誰替孩子想過？』

『法律規定，孩子歸我的，碧縈不答應……』姊夫說。

『法律規定？』我覺得自己抖瑟起來：『你們只會爭爭吵吵，搶搶奪奪。有沒有顧慮到孩子的感覺？』

『孩子還小，他們很快會習慣的……』姊夫說，聲音平緩得多。我靠上椅背，乏力的聽著他對碧綢說，要將新成立不久的澳洲分公司交給碧縈，作為補償。

『反正從認識她，就注定了欠她的……』他說，聲音特別沉痛暗啞。

母親流了幾天淚，她堅持要到臺北去，咳聲嘆氣的父親不讓她去。

『你不管，問題怎麼解決得了？』母親拭淚說。

『妳去了，問題還是解決不了！』父親又重重嘆了口氣：『三個寶貝女兒，比三十個兒子還難帶——』

我和碧綢不約而同的垂下頭。

大姊和姊夫簽字那天，我帶著小彤和雪雪到兒童樂園玩，陪著我們的是蕭亦珩。小彤和雪雪玩得很盡興，不停的發出銀鈴般的串串笑聲。望著學法律的蕭亦珩，我說：『看起來，法律並不是解決問題的最好方法。』

他笑笑，在我身邊坐下，態度輕鬆的說：

『文學呢？文學是比較好的方法嗎？』

我也笑起來，果然是反應敏捷。雖然是一塊兒長大的，可是，浪子回頭的他，的確在這幾年有了很大的改變。

『我想，「愛」是比較好的方法。』我說。

他點點頭，而後沉思的說：

『除了愛，一定還有別的……』

可不是嗎？姊和姊夫有足夠的愛，但，今天以後，他們竟將形同陌路了。他們之間缺少什麼？那些廝守終身的恩愛夫妻，又多了一些什麼？

我們四個人回到姊夫家時，滿屋子的人還未散去，小彤奔向他奶奶，祖孫兩人摟在一處，雪雪也過去纏著老人家。姊姊眼中含淚，姊夫鼻頭微紅。

『辦完了？』我輕聲問。

大家都沒反應，姊夫僵硬的點點頭。小彤正興高采烈的對他奶奶敘述整天遊玩的情形，突然注意到大家凝重的面色，他停住口，然後，不安地問：

『媽媽！妳怎麼了？』

姊姊忙強作笑顏，走到他身邊，牽他過來：

『沒有啊！媽媽很好……』

姊夫走近他們，對小彤說：

『你要乖乖聽話，媽媽得到澳洲去上班，要很久才回來……』

小彤瞪大眼睛，望著姊夫，再望住姊姊，他的聲音怯怯響起：

『媽媽……』

姊姊憤怒的站直身子，對姊夫嚷叫起來：

『爲什麼告訴他？你是什麼意思——』

『怕什麼？』姊夫也咆哮著：『敢做就要敢當！孩子早晚都會知道的！』

『我知道……』小彤顫慄著，他的臉色蒼白，眼中盛滿恐懼，變了調子的童音撕裂一般的響起，震懾住每一個人。

『你們離婚了！』

父親重重的嘆息，母親窸窣的哭泣……姊姊、姊夫則失措的站立著。

小彤費力喘氣，哽咽著：

『你們……離婚了……』

『小彤！』姊姊握住他的手。他哀求的望著姊姊：

『媽！不要離婚嘛……』

『小彤！』姊夫按著他的肩頭，他攀住姊夫的手臂：

『爸！爸爸……不要離婚。』

『你長大了，要聽話，要懂事……』姊夫說著。

淚水快速的滑下小彤的面頰，他抖著身子，哀哀央告：

『我一定聽話！我以後好好彈鋼琴！我做完功課才看電視！我不打電動玩具！我會照顧雪雪！我下次考第一名！你們不要離婚好不好？我……我……』他再想不出什麼辦法，渴盼的望著對立著的姊夫、姊姊，像一個等待宣判的死刑犯，猶等待著可能出現的一絲希望。可是，流著淚的姊姊說道：『不可能了，小彤！』

小彤七歲半的世界，在一瞬間，毀滅殆盡。我幾乎可以聽見他小小心靈被擊成粉碎的聲音。他停頓了大約五秒鐘，然後，如野獸垂死前歇斯底里的哀嚎哭叫起來，那是一種令人顫慄的，自地獄傳來的聲音。雪雪嚇得跟著大哭，我們只能陪著哭，所有的人，對小彤破碎的世界，全都愛莫能助啊！奶奶、外祖父母、和阿姨——全都愛莫能助！

3

整整三個星期，我沒法子寫『給小彤』的童話故事，因爲，我知道他眞正想要的是什麼！不是童話故事啊。

大姊去了澳洲，臨行前，和小彤談了很多，小彤不再哭泣，他早熟而憂鬱的眼神，看來不再是七、八歲的小孩子。

『你愛媽嗎？』大姊問。

『愛。』他低低回答。

『聽媽的話，好好照顧妹妹，好好愛護她，知道嗎？』

『知道。』他望著大姊，切切地問：

『只要我聽話，就可以和媽住在一起了，是不是？』

『媽會回來看你，等你長大了，就可以和媽……住在一起。』

『哦……』小彤失望的低下頭。

大姊把他交給我，叫我多照顧他。

『從小我就特別疼他，最放心不下他！他太聰明……』

我點點頭，握住小彤的手：

『我會和姊夫說，讓他和雪雪到淡水過完暑假，再送他們回臺北。』

可是，往日的『姊夫』，現在的『呂大哥』，沒有答應我的請求，他當著新請來的保姆高小姐和孩子們，對我說：

『孩子們沒有母親，我必須嚴加管教，不能教他們玩野了心。』

『姊夫……哦，呂大哥，你難道不放心我？我好歹是他們的阿姨啊！』我陪著笑，對表情冷淡的他說。他坐下道：

『不是不放心，只是他們要學琴、學畫畫，我是有計畫的教導孩子！』他自信的笑笑，繼續說：

『妳應當聽說過「學琴的孩子絕不會變壞」吧？』

我站在那兒，覺得窘迫，有些激動地：

『你不會爲了姊姊，把我們列爲拒絕往來戶吧？』

『什麼話！小妹！』呂大哥揚起眉：『我只是要孩子們好！』

小彤牽著雪雪站在高小姐身旁，他的小臉緊繃著，緊張而陰沉的望著我們。我深吸一口氣：

『我不知道學琴的孩子會不會變壞；但是我知道，除了鋼琴、除了畫畫，還有關懷和愛——有足夠的愛，孩子就不會變壞！』

一個星期之後，呂家司機開車將小彤和雪雪送到淡水來。呂大哥託他捎來一封信，簡單的說明，他要到花蓮出差幾天，所以請我們照顧小兄妹一個星期。我欣喜若狂的撫這個，吻那個；小彤只是拘謹的站著，一等司機駕車離去，他便一躍而起，叫著笑著，從小花園到房裡，充滿了興奮的氣氛，父母愁眉不展也一掃而空。吃過午飯，小彤吵著要到海邊玩兒，眼看烏雲密佈就要下雨了，我本來不帶他們去，偏偏蕭亦珩騎著腳踏車來了，於是，我載雪雪，他載小彤，一行四人乘興向海邊駛去。

一路上的笑笑嚷嚷，教我幾乎沒有氣力踩踏板。到了海邊，四個人脫掉鞋襪，在沙灘上滾著、踢著，海水濺濕了我們的衣裳。大聲叫著、笑著、唱著歌。天上一聲霹靂雷響，豆大的雨點滴落下來，雪雪尖叫著撲進我懷中。我們急著搶救拋在沙灘上的鞋襪，蕭亦珩背著小彤，牽著我的手，向不遠處一個廢棄已久的碉堡跑去。我們鑽進碉堡，踩著軟綿綿的細沙，喘著氣坐下來。這是一個神秘的小天地，微弱的光線投射進來，把雷雨隔絕在外。我輕摟身旁安靜的雪雪，望著小彤，眼中閃爍著興奮，然後，望向蕭亦珩，他也望著我，唇畔有絲笑意。

『那時候，我比小彤大，妳比雪雪還小，我們常到這兒來玩，記得嗎？』

奇妙的迴聲盤旋著——記得嗎？記得嗎？

我笑著點頭，將雪雪的頭枕在我腿上，她似乎是累了，一動也不動的躺著。小彤俯身趴在蕭亦珩的背上，他說：

『蕭叔叔！你喜歡我小阿姨，對不對？』

蕭亦珩拉他坐在膝上，含笑說道：

『小彤果然是個聰明的孩子！你呢？喜不喜歡小阿姨？』

『當然喜歡啦！我好聽話的彈琴、畫畫，爸爸才准我來看小阿姨和外公、外婆的。』小彤到我身旁，挨著我坐下，他問：『小阿姨，妳能帶我去找媽媽嗎？』

我憐惜的擁住他，輕聲說：

『今天晚上，打電話給媽媽，你跟媽媽講話，好不好？』

『好！』他說：『其實啊，我常常在沒有人的地方跟媽媽說話，媽媽說我想念她，她都會知道。有一天晚上，我好想好想媽媽，後來我睡著了，眞的看見媽媽來了，她把地上的小熊撿給我，我大聲叫媽媽，結果，不知道怎麼搞的，變成爸爸了。爸爸說我又做惡夢了，我不是做惡夢，只是夢到媽媽……』

我的鼻頭一酸，淚水盈眶。蕭亦珩坐到小彤身邊，他低聲地說：

『小彤，媽媽不在身邊，你要活得好好的，才能讓媽媽放心……像蕭叔叔的媽媽，很早就過世了，可是，我也長得這麼大了，是不是？長大了，就可以做自己想做的事。』

小彤點頭，他望著蕭亦珩，像是心領神會。過了一會兒，垂下頭：『可是，我還是想媽媽……』

蕭亦珩一把緊抱住小彤，他痛楚的閉上眼睛：

『我知道，小彤！我知道！』

我感動的、無能爲力的看著他們。

一個小時之後，雨停了。太陽又露出臉，海面上碧波閃亮。小彤和雪雪蹦蹦跳跳的跑出去，蕭亦珩在堡口對我說：『時常我會想起小時候，想起妳，那段單純的日子，那種不含雜質的喜悅，令我的生命保持一絲溫柔，不肯沉淪。』

我站在那兒，來不及的咀嚼他的話，他讓開身子，將我一個人留在那兒。沙灘上，小彤和雪雪忙不迭地撿貝殼，放在耳朵上。

『貝殼是大海的耳朵！』小彤大聲嚷著，一邊跑向雪雪：

『妹妹！我們來和媽媽講話！』

『喂喂喂！媽媽——媽媽——』小彤叫著。

『喂喂喂！媽媽——媽媽——』雪雪學著。

蕭亦珩挺直的站立，他突然指向天空：

『看！那是什麼？』

我們一齊望向天空，一道優美的七色彩虹跨在海天之間。

『橋耶——』雪雪尖細的童音嚷。

『不是橋！是彩虹啦！』小彤臉上有種虔誠的光華：

『嘩！好漂亮！』

我抬頭望著那道虹，雷雨之後出現的，最美麗的東西。

一個禮拜中，每天晚上，大姊都和孩子們通電話，她常在那頭痛哭失聲。小彤要回家的前一夜，教我說故事給他聽，他說我以前寫的故事，大姊都說給他聽了。

『講一個新的。』他說。

『對！講新的！』雪雪附和地。

『好吧！』我想了想：『阿姨講一個海的故事。從前啊，海邊有一家人，爸爸媽媽和兒子，兒子叫做來寶……』

『爲什麼叫來寶呢？』雪雪問。

『因爲他是爸爸媽媽的寶貝嘛！』小彤說著。

『對了！』我接著說：『爸爸媽媽都很愛來寶。爸爸是打魚的，他抓的魚又肥又大。可是有一年，海裡突然捉不到魚了，爸爸好難過，媽媽也難過，因爲他們每個月都要送一條大魚給國王，如果沒有魚，國王就要把他們統統殺掉！來寶心裡眞著急，他是一個孝順的孩子，不能看著親愛的爸爸媽媽被殺掉啊！所以，他就到海邊去，走著哭著，求海龍王賜給他們一條魚。』

『海龍王聽得見嗎？』小彤輕聲問。

『聽得見的。阿姨不是告訴過你，貝殼是大海的耳朵嗎？它們是替大海打聽消息的。所以，來寶到海邊去了第三天，突然看見一位白鬍子的老爺爺，他問來寶爲什麼哭得那麼傷心呢？來寶告訴老爺爺，要是再捉不到魚，他們全家都要被殺死了。來寶說：「我死了沒關係，可是爸爸媽媽年紀大了，他們辛辛苦苦的撫養我，我一定要想法子救他們的！」老爺爺很感動，稱讚來寶是個孝順的孩子。他告訴來寶，海龍王心愛的兒子死了，所以很悲傷，就不願意把魚送給人們了。來寶問老爺爺應該怎麼辦？老爺爺問來寶願不願意做海龍王的兒子？如果來寶做了王子，海龍王心裡高興，就會把大魚送給人們了。而且，當了王子以後，吃得好、穿得好，比現在的生活好太多了。可是，來寶捨不得離開他的父母，他情願過窮苦的生活。老爺爺一直勸他，假如他不願意，他們全家都會被殺死。來寶想了很久，爲了救親愛的父母親，他答應和老爺爺到海裡去。老爺爺帶著來寶去見海龍王，海龍王非常喜歡來寶，把他當作親生的兒子，每天都過著最好的生活，可是，來寶一直都不快樂……』

『因爲，他很想念爸爸媽媽。』小彤突然接口。

『是啊！』我停了停，接著說道：

『來寶的爸爸媽媽捉了很多大魚，國王給了他們好多錢，他們也可以過很好的生活了，可是，爸爸媽媽也很不快樂，因爲，他們再也看不見來寶了。媽媽爲了想念來寶還生病了。海龍王很同情他們，就讓來寶回家去看看。來寶回家以後，爸爸媽媽高興極了。媽媽再也不讓來寶走了，她的病也好了。但是，海龍王也想念來寶，最後，老爺爺想了個法子，讓來寶在海裡住一個月，在家裡住一個月。這樣，大家都覺得很快樂了。』

故事說完了，雪雪也睡著了，月光自窗外投射進來，映在她的小臉上，一片安詳的寧靜，我想，她在夢中是不會有憂愁煩惱的。而小彤呢，他出神的眼睛顯得更清亮，若有所思的問：

『小阿姨！人如果死了，還能活過來嗎？』

『我想，是不能的。』我帶著笑回答。

『那……如果我死了，是不是可以到我想要去的地方？可以看到我想看的人？』

我一凜，立即收斂了笑容：

『小彤！你怎麼會這樣問呢？我不知道人死了會怎麼樣，可是活著的人就看不見死掉的人了。』

『沒關係啊！死掉的人長了翅膀，可以飛回來看他的家！』

『但是，活著的人會很想念他，會很難過！很難過……』

『眞的嗎？』小彤問。有些悠忽的神情。

我突然有些不自在，怎麼和孩子談這個問題？而小彤的表情和語氣，似乎是非常陌生，這種感覺教我害怕。於是，我催他睡覺，自己也躺下，準備入睡。不知過了多久，聽見小彤喚我，我睜開睏眼，聽得見風聲、蟲鳴，和老狗莉莉的低吠聲，但什麼聲音都不太眞切。

『小阿姨！我明天可不可以不回家去？』
『不行！高阿姨一早就來接你們……』
又過了一會兒，小彤的聲音微弱的響起：
『小阿姨！我要到什麼時候才能看到媽媽？』
『你要乖乖的……』我含糊的、力不從心的回答，翻了個身，沉沉睡去，什麼聲音都聽不見了。

4

儘管小彤不止一次告訴我，他不喜歡『高阿姨』，然而，我並沒有放在心上，直到一個多月後，我發現高小姐由竊聽我們通電話，到控制小彤與我們通話時，這才不得不相信小彤的話。八月底，小彤得了感冒，他偷偷撥電話給我們，卻被高小姐掛斷了。他連續撥了三次，我就守在電話旁，聽著那頭硬生生的被截斷三次。最後，我撥去的電話被高小姐接了起來，她平平淡淡地說：
『小彤感冒了，醫師吩咐要好好休息，他偏在這兒胡鬧！羅小姐，請妳不要和小孩一般見識！』

然而，透過聽筒，我清晰的聽見小彤聲嘶力竭的哭喊，沙啞的叫『媽媽』。握著被切斷的電話筒，從未有過的、無法置信的憤怒充塞胸腔，幾乎要爆炸了！

晚上，呂大哥打電話來了，我正急著述說，他搶著說：『我都知道了。小妹，妳也太孩子氣！還在生氣嗎？』

『你根本不知道！她太過分了，我受點委屈不算什麼，可是小彤……』

『高小姐對小彤很好，妳可別誤會人家！』呂大哥打斷我的話，然後他喚小彤來和我說話。小彤的聲音傳來，平板而生硬的：

『小阿姨！妳好。』

『小彤！』我仍輕顫，關切而疼惜：『你現在怎麼樣了？有沒有好一點？』

『對不起……小阿姨，是我錯了！是我不好！我不應該給妳找麻煩，我以後要聽爸爸的！聽高阿姨的話——』

他在那頭背臺詞一樣的說著，一字又一句，我在這頭激動得發抖，心中不住的扭絞抽搐。

『不是！小彤！不是你的錯！』我幾乎是吼叫的，和淚的對話筒大嚷。可是，他依然低低的背誦著他的『懺悔辭』，那最後的一句：

『我會做個乖孩子，聽話的孩子。』

話筒又轉到呂大哥手中，我筋疲力竭的，任一種突來的無力感把我重重包圍，掙了半天才說：

『不要怪小彤！一切是我不好。他是個乖孩子。』

『他以前是。』

『他現在還是！』我的聲音不正常的高揚著。

『好了！小妹！』呂大哥的語調很輕鬆：『妳眞是個孩子。』

掛了電話，比接電話以前更沉重。姊夫——呂大哥！你是小彤的父親！就算你聽不見小彤心中淌流的鮮血，難道也看不見兒子眼中積藏的怨忿嗎？

那夜，碰巧大姊也打電話回家，我剛開始還平靜的問她何時回家？當她說要一、兩個月才能安定時，我便無法抑制的發洩了：

『妳到底算不算一個母親？妳有沒有想過妳的孩子？除了錢，妳還認得什麼？』

母親一把將話筒搶下，父親在一旁斥責我的態度惡劣，我抹著淚，坐在一旁，聽母親對大姊說：

『不要理她！她今天心情不好！我知道……我知道……小彤好！雪雪也好！嗯……放心

吧！我們會的……一定會的……』

老狗莉莉開了紗門進入客廳，牠和小彤差不多大，是小彤最喜愛的玩伴，我撫著牠棕色光亮的長毛，心想，應該把牠送去陪伴小彤，那麼，小彤該有多麼高興。

可是，當我第二天告訴呂大哥時，呂大哥說大廈中不適合養狗，他很客氣的拒絕了。

於是，那個星期的『給小彤』童話故事，寫的是一條老狗的故事，有棕色的毛，名字叫『莉莉』。

半個月之後的一天下午，蕭亦珩找到在海邊的我，他說：『小彤和雪雪來了！』

我驚喜的站起身，可是，蕭亦珩的臉色不太好：

『他們倆是偷偷跑來的！』

『偷偷？』一時間，我有些不能理解。

『小彤偷了錢，帶著雪雪坐上車子到了這兒，剛好讓我在街上碰見，就送他們到妳家。羅伯伯打電話給妳姊夫，他好像非常生氣……』

我們趕著回去，家裡的氣氛，果然極不好。雪雪坐在沙發上吃西瓜，她的衣裳和髮絲都不整齊，但，大眼睛中仍閃著無憂的光彩。小彤正在講電話，母親伴著他，父親坐在一旁，鎖緊眉頭。

『媽媽！我不要回家，我眞的不要。媽！妳回來好不好？……那，妳帶我到澳洲去好了！我一定聽話……那要等到什麼時候？啊？長大以後？可是，我什麼時候才可以長大嘛！媽！媽媽！妳不要哭嘛！對不起！妳不要哭……好！好嘛！我聽話……我乖……』

掛上電話，他轉過頭，沒有出聲哭，卻有淚水不斷滾落，看見我們集注在他身上的眼光，小小的身子顫抖得更厲害，母親拉著他問：

『媽媽怎麼說？』

『叫我……回家。』他抿著嘴，哽著聲音。

『那就……回家吧。』母親困難地。

他的眼光環視在場的我們，我的心劇烈跳動，無法迎接他哀求的訊息。最後，他望向雪雪，她已經吃完了西瓜，嘴邊塗著紅色的汁液，看來像個可憐兮兮的小丑。

『妹妹！來。』

雪雪順從的走到他身邊，小彤拉住雪雪的手，兩人突然一齊跪下，跪在母親腳前，母親驚痛的跳起來：

『寶貝兒！你們幹什麼？』

『外婆！求您讓我們留下來吧！求求您！我再也不要回家了！我一定聽話！我會乖！眞的

會乖！』他哭著說，雪雪也哭著。我和母親正要拉他們起身，小彤突然叩頭如搗蒜一般，敲得地板碰碰作響。雪雪眞的被嚇哭了，哭聲異常尖銳。我和母親竟也拉不住小彤，他的氣力出奇的大。母親哭著，心疼的喚：

『小寶貝！快起來！有話好好說！乖！』

可是，他似乎聽不見，只不斷的將額頭擊在地板上，發出陣陣令人心驚的聲音。蕭亦珩強行抱起掙扎踢打的小彤，他大聲對小彤說：

『聽話啊！小彤！你答應蕭叔叔的——』

小彤靜了下來，他用淚眼望著蕭亦珩：

『可是，我不能回家，爸爸會把我打死的，我偷了錢……』

『不會！』我和蕭亦珩一同說。但，我的話被淚水沖散了，蕭亦珩繼續安慰他：

『只要你向爸爸認錯，以後再不要拿爸爸的錢了……你拿錢做什麼呢？』

小彤拭去頰上的淚水，他說：

『我買信封和信紙，要寫信給媽媽……。』

『可以告訴爸爸，爸爸會給你錢的。』

『不行！不可以告訴爸爸，爸爸說媽媽已經不要我們了。』

我疼惜的伸出手爲他拭淚，才發現自己的手那樣反常的顫抖著。因爲沒有關大門，所以，當我們發現時，呂大哥派來的王司機和高小姐已打開紗門走進客廳了。見到他們，小彤滿眼恐懼，他瘋狂的搖頭，再度嚎啕掙扎起來。

『我不要回家！我不要你們——』

在高小姐的示意下，王司機上前接過小彤，小彤死命的摟緊亦珩的脖子，亦珩一邊勸解著，一邊掰開他的手，當小彤終於鬆開亦珩時，我聽見他絕望、痛苦的長嚎，那一瞬間，雪雪也被高小姐抱走了。我突然聽見自己失常的哭喊：『求求你們！求求你們！不要！不要這樣——』

二十幾年來，一種從未有過的，生離死別的情緒氾濫開來，像一把利刃插入心窩，鮮血和痛苦在體內瘋狂的奔流。亦珩過來攬住我，我無助的聽著小彤悽慘的號哭，他們已穿過庭院，拴著的莉莉狂吠著，小彤仍拚命叫喊，喊著那些可能幫助他的人。

『外婆！外公！小阿姨——』

他們終於出門了，我追了兩步，聽見那令人痛徹肺腑的、長長的呼喚：

『媽——』

車子揚長而去。院中的莉莉吠叫著，屋內母親正痛哭，父親摘下老花眼鏡拭淚，他說：

『造孽啊！』

我仍佇立，又一次，我們雖然愛他，卻全然的無能爲力！沒有任何一個時刻，我比現在更恨自己。

5

我終於忍不住寫了一封信給大姊，翻來覆去，無非提醒她對子女的責任。回信不是大姊寫的，卻是碧綢的筆跡，她說大姊看了我的信很傷心，不知說什麼才好，碧綢在信中寫著：

世間有情人多有山盟海誓願，卻少能有天長地久緣。沒有愛情，只有傷害的夫妻，勉強相守，只是一種毀滅，對家庭、對孩子，全然無益！倘若，離婚是一次新生的機會，我們至少應當試試，不是嗎？碧紋！我不知道妳對『愛情』的看法如何？但，它是那樣空虛縹緲的東西，在不知覺中來，在不知覺中去。當它發生時，任何阻礙都不成理由；當它消失時，任何挽留都不起作用。『責任』只是種理想中的東西，有時帶著殘忍的本質。

意外地，接到臺北一家出版社的信，他們有意選出『給小彤』童話故事中的二十篇，輯冊出書。這是個興奮的午後，我和蕭亦珩在海邊談笑著。

『我這本書，就叫做……叫做什麼呢？』我望著他。

他的眼睛望向大海，那平靜、美麗的海水，一波一波的湧上沙灘。

『小彤喜歡海，就取個和海有關的名字吧！』

我們又談了很多，一種奇異的、教人迷惘的氣氛，瀰漫在我們之間。他的眼眸中，有著強烈的、令人不敢正視的溫柔與深情……這是什麼時候發生的呢？我下意識的想逃，卻又十分的不甘。

『很久了。』他如夢囈般低語：

『那幾年我混太保，又落魄、又潦倒，不管身上有錢沒錢，都是一副狼狽相！村子裡，誰都瞧不起我。連一塊兒長大的玩伴，也像避瘟一樣逃著我，只有清湯掛麵的妳，每次見到我，都坦坦然喚一聲「蕭大哥」！只有那時候，我覺得自己是個被尊重的「人」……』

碧綢曾經說：『在碧紋心裡，沒有誰是壞人。』那時的我，年輕得不願相信世上有壞人、有壞事。沒想到，卻也給與一個浪子心靈上的慰藉。我聽他敘說自己的故事，早逝的母親，嗜酒如命、好賭成性的父親。

『母親去世以後，我就常常逃家，難得回家，被賭輸了的父親逮到，就是一陣狠打！他賭輸了打我，戒賭的時候也打我；喝醉以後打我，沒酒喝打得更厲害！那時候，我簡直過不下去了。所以，我離開家到了城裡，三年多的時間，我做了許多妳可以想像，和無法想像的壞事，然後，我莫名其妙的有錢了。』他的眼光調向我，眼神卻已穿透我，落在一個遙遠的地方，繼續說著：

『所以，我大搖大擺的回家了，在父親準備動手之前，將鈔票撒了滿地，他的面孔，一剎那間完全翻轉成諂媚的、可憐兮兮的笑容……我不必再逃家了，可以待在家裡吆五喝六的挺神氣，但是，心裡的那份悲哀，是難以形容的——我的父親，愛鈔票，遠超過愛我！』他低下頭，可是，我已經看見了他眸中的淚光。

『我曾經試著和他溝通，可是，正常的父子關係似乎對我是一種奢侈。以前，我是受氣包，他是大暴君；後來，我成了闊少爺，他是老奴才……沒多久，錢用完了，我悄悄溜走，爲的是怕又成受氣包。他那時候就病著，而我沒多久就進了牢，也顧不得他。我在裡頭，心中直怨他連看都不來看我，還計畫著出去以後再幹一票，然後，回家去撒一地的鈔票——卻不知道，他已經死了。他死的時候，身邊沒個親人，而留下我在世上，也再沒有親人。我這下才感覺到：我們原來應該這樣親密和相愛，可是，我們完全枉費了這一趟父子緣……』

他注視著我，帶一份酸楚的笑意，輕聲說：

『碧紋，妳哭了。』

我才發現，有淚水正沿著面頰滑下，忙拭去淚，我說：

『我眞的……眞的沒想到，有這樣的家庭！有這樣的父親！』

『有的！』他深吸一口氣：『我在牢裡聽得太多……假如，父母能爲子女的幸福，多做一點努力，就不會有那麼多不幸與懊悔。』

他站起身，拍去沙土，然後，拉我起來，我說：

『是啊！我眞替小彤擔心。前天和他通電話，他還問我，是不是不喜歡他了？』

『怎麼？那天的事，給他的刺激這麼深？』

『是啊！我以爲孩子都是健忘的，誰知道……唉！雪雪得了腮腺炎，天天吵著要媽，小彤說，他要替妹妹把媽找回來，他說他要到澳洲去。』

『這孩子，太敏銳了，他把自己逼得太苦……』亦珩說。

我們騎車回家，望著湛藍的海水，心中一動，我嚷著：

『海水正藍！海水正藍好不好？』

『什麼？』他迷惑地。

『那本書，出版時正巧趕上小彤八歲生日，我想，這本書就叫「海水正藍」，小彤他最愛海的！』

亦珩點點頭，他說：

『好！希望小彤能過個快樂的生日！』

海風灌滿了我的衣裳，而我心中，則被一種朦朧的喜悅充塞著。

蕭亦珩爲著趕在開學前，替《海水正藍》畫插圖及封面設計，所以，我們共處時間更多了。那個下午，收音機中播放著颱風警報，母親在廚房裡蒸饅頭，父親趕著出門買蠟燭電池一類的備用物品。屋外，細細的雨絲開始飄落，據說強風將在夜間登陸。蕭亦珩拿著木板木條，扛著工具，替我們敲敲打打做防颱工作。我幫著他，遞上遞下，一時興起，便選了一根木條，學著他釘了起來，他從高處跳下，緊張的跑過來：

『小姐！妳這樣釘法會傷到手——』

不容分說，他從我身後拿下釘鎚敲打起來，而我，就被他圈住了，他或許並不自覺——我告訴自己——不要太小題大作了。我在他胸前無法移動，只得望住他修長的雙手，是藝術家的雙手嗎？我想著。他的手停住，釘完了。可是，他並沒有挪動，依然圈著我。

『蕭大哥！謝謝……謝謝你！』我說這話時，已是面紅耳赤，心臟狂跳。但，他仍不動，過了一會兒，他說：

『妳已經叫過太多的「蕭大哥」！我們都長大了，可以改口了！』

『爲什麼……爲什麼要改呢？』他應當可以聽見我的心跳了，那心跳已震動了我的耳鼓。

『只要我們願意，很多事都可以改變的！』他的聲音溫柔的漾著，然後，他的雙手落在我肩上，將我扳過身，面對著他，他的眼中滿是柔情：

『開了學，我得回臺中去，讓我好好看看妳！碧紋！看著我……』

我不由自主的迎視他，突然——時間、空間、風聲、雨聲都停息了，我所有的思緒，也停息了。他不再說話，我也閉著嘴，他不動，我也靜止著，而這一刻，只這一刻，是如此寧靜、美好……驀地，廳中電話鈴響起，我倆都一驚，他戀戀的鬆開手。我垂著頭，快步走去，拿起聽筒。那頭傳來呂大哥的聲音，口氣不太好：

『小彤在嗎？』

『他不在！』我立即的反應。

『小妹！』他忍耐的、壓抑的：『他離家已經快三個小時了，妳不必瞞我，我只是想知道，小彤——到了沒有？』

我的頭腦常不是清晰的，趕不上他急促的話語。

『你叫他們來的?沒人陪他們嗎?怎麼……』
『他是逃家的!』他大聲打斷我的話,語氣中有掩不住的怒氣:『他又逃跑了!妳的乖外甥!他偷了我和高小姐的錢,說要去澳洲,找碧縈!』
『啊!』我張開嘴,不能出聲,怎麼會呢?怎麼可能呢?
『他不可能到別的地方去,除了你們那兒……』他說。
『他也可能去找他奶奶啊!』我的思想開始轉動了,小彤!再一次的逃家。
『我媽上個月底就到美國看我大哥、大姊去了!』呂大哥說。
小彤曾在電話裡說,他再不敢一個人跑到這兒來了。『因爲,外公、外婆和小阿姨,都不能保護我……。』我們是愛你的,我們絕對想保護你的!只是……
『他眞的沒有來!』我無力地:『他也不會來的,小彤再也不相信我們……』
『我知道,妳心裡總怨我對他不夠好。』
『你是他爸爸!』我極力克制眼中的淚水:『他要的不是新衣服!不是小汽車!小飛機!更不是錢!他只需要愛!多給他一點點愛……』
『我是他爸爸!世界上沒有人比我更愛他。以前,我們父子感情那麼好,我不懂!碧縈一走,小彤的心也走了!他成天只想著媽媽。我守在他身邊,我儘可能陪著他,一點用也沒有！碧縈不在這兒，卻整個兒佔住小彤的心！我的努力全部白費！爲什麼？小妹，爲什麼？』

他的聲音哽在那兒，我的胸腔則被一種不知何來的痛苦充滿了。

『我請高小姐來照料他們，爲的是不要他們受到家庭破碎的影響，我要他們儘早適應，然後，才能過正常的生活。我錯了嗎？』聽起來，他並沒做錯什麼事。

『我打了他！可是，打他只是要他斷念，斷絕那份不該由他承擔的痛苦和憂鬱！不管怎麼樣，我不應該打他的……』

『姊夫！』我心裡不忍，不知怎麼就這樣叫出口：

『姊夫！小彤不會怨你！他可能還在你家附近，不敢回去！也可能……可能一會兒就來了。我會好好跟他說，然後，送他回去。』

『謝謝妳！小妹！我出去找找。小彤要是到了你們那兒，就讓他多待兩天吧。』

掛上電話，母親和亦珩都來探問，我和他們說了，母親雙手合十，喃喃自語：

『老天保佑！大風大雨的，這孩子能平安無事！』

亦珩深鎖眉頭，走向窗邊，他說：

『他沒地方好去！應該會來。』

屋外，風雨加劇了。我走到桌旁，亦珩爲小彤畫的圖像中，小彤正仰臉笑著，一臉璀璨的笑著……快來吧！小彤！我們再不會任你哭號哀求而無能為力！亦珩說得對，只要我們願意，很多事是可以改變的！可以改變的！只要你來！小彤，只要你來——

6

父親半個鐘頭之後回來的，他出門整整兩個小時。才進院子，就嚷叫起來：

『小彤噯！』

我和亦珩一齊衝向紗門口，兩邊都帶著驚訝，然後，三個人，幾乎是同時的：

『小彤呢？』

『噯！』爸爸走進客廳，放下兩大包的物品，特意掏出餅乾和蘋果，他說：

『我在街上碰見徐伯伯，他說在咱們巷子口看見小彤，我才又去買了他愛吃的蘋果和餅乾。』

我望向母親，又望向亦珩，他們都變了臉色，相信，我的臉色在一剎那間也變得可怕。

『不可能的！爸！他沒有回來。』我說，喉中極乾澀。

父親抬頭，望著我們。母親重複那句：

『他沒來，沒有來！』

停頓了大約五秒鐘，父親薄弱的笑意浮起：

『開玩笑！徐伯伯說，莉莉還跟著小彤的……』

莉莉？我飛快的推開紗門，風中，只剩狗圈搖擺，一左一右，一左一右……蕭亦珩來到我身後，他低而短促的說：『天！他眞的回來過！』

小彤回來過，他把唯一忠實可靠的朋友帶走了。而房內的我不知道！亦珩也不知道！我們除了彼此，竟然什麼都看不到，也聽不到。

我們希望小彤帶著莉莉回家去了，可是，天黑了，他仍然沒有出現——在他自己家，或是我家！呂大哥開車載著雪雪來了。我們所有的人，除了雪雪，沒有人吃一點東西。風雨交加中，呂大哥開著車，同著父親與亦珩在鎭上尋找。我則伴著母親與雪雪在家中等待。等待，眞的是一種無盡殘酷的折磨。小小的雪雪說：

『哥哥呢？哥哥說他去找媽媽……』

『老天爺！』母親擁緊雪雪，開始掉淚。我握住母親的手：

『別急！媽！不會有事的。一定沒事。小彤說不定躲在哪兒睡覺呢！』

我沒有哭。我不哭，因爲，我知道他一定是沒事的。他有時候眞調皮，卻也眞靈巧、眞機敏，他不會有事的。

『砰』地一聲，大門關上了。我跳起來，向庭院跑，廊下的燈慘白的發著光亮，院中的樹影不支的晃動，死命的掙扎，我掉過臉，不看它們……空著的狗圈依然飄起、墜落……

『不會有事的！』我迎向母親的淚眼，語調輕鬆地：『有莉莉和他作伴，沒問題！』

可是，狂風呼嘯著，而出去尋找的他們，兩個多小時了，怎麼還不回來？

收音機中播報颱風消息，說是颱風轉向漸離本島，可是，那風、那雨，依然不停不歇……他們終於回來了，三個人都濕透了，呂大哥的頭上纏著紗布，亦珩的面頰也呈紫黑。父親大聲說：風雨中車子撞上電線桿，呂大哥的額頭出血了，他們到陳外科包紮之後才回來。呂大哥的臉色慘白的，他走向母親，無助的說：

『我們找不到他！媽！我們找不到……』

『會找到的！』母親憐惜的撫著他，如同撫著小彤：

『我們一定會找到他。』

夜裡，碧縈的電話竟然來了，她要找小彤。

『小彤不在！』我驚惶的。

『我剛才打電話到那邊，他們說，小彤父子三人都在這兒！』我楞在那兒，怎麼，這麼巧？可是，我不能告訴碧縈，絕對不能呵。

『他、他、他……他們是來了，呃，可是，颱風來了，妳知道，又是風、又是雨的……』

『我知道有颱風！我只想和小彤說說話，我好想他……』

『大姊！』我僵在那兒，突然，靈機一動：

『他呀！小彤被雪雪傳染了，嗯，腮腺炎，他不方便說話，已經睡了。』

『他也病了？可是，可是他很小就得過腮腺炎的……』哦！天啊！

『他到底是什麼毛病？有沒有看醫生？』大姊急切地。

『我也不知道，等明天，明天一早，我們就帶他去看醫生，妳放心吧！』

『小妹，我就是不放心他，妳替我好好照顧他和雪雪。下個星期，我就回來了！』

下個星期！下個星期！爲什麼就不能早一點回來呢？

突然，停電了，睡眼朦朧的雪雪哭鬧起來。母親給我一支蠟燭，叫我帶她去睡覺。入夢前，雪雪還呢喃地：

『小姨姨，哥哥什麼時候回來？』

『乖乖睡，哥哥很快就回來了。』

我靠在床上，凝望著燭火，窗外的風雨一陣又一陣，廳內低語一波又一波……疲倦開始從四面包圍而來，我緩緩閉上眼，並未睡去，凝神細聽：可以聽見花樹窸窣的搖曳，父親的嘆息，母親與呂大哥低聲的說話……突然，一個奇異的聲音響起：

『小阿姨！』

我蹙了蹙眉，沒睜眼。那聲音又傳來了：

『小阿姨！』是小彤！我睜開眼，果然是小彤！他就站在窗邊，眨著亮晶晶的雙眼——小彤哦！小彤！我跳下床，一下子擁抱住他！謝謝天！感謝神！小彤沒事！他好好的，好好的……

『小彤！』我激動的：『你跑到那兒去了？你把我們都急死了！嚇死了！你知道嗎？』

小彤笑笑，他走向床畔，輕聲說：

『我來看妹妹，看小阿姨，我答應妹妹，去找媽媽回來。』

『好孩子！媽媽下個星期就要回來了，高不高興，啊？』

他轉頭，興奮的對我說：

『我已經可以看見媽媽了，像來寶一樣！看見媽媽，也看見你們……』

一股寒意直往上竄，我拉住他的手，緊緊地：

『你說什麼，誰是來寶？』

一時間，我實在想不起『來寶』——這個似曾相識的名字。只覺得小彤的話極怪異，他的手，好冰涼，他的笑卻很飄忽：『小阿姨！』他仰望我，笑著說：

『我要走了。』

『不可以的！小彤！』我用力捉住他的手，透骨的冰涼：

『你冷嗎？』

他點點頭說：

『我冷！衣服和鞋子都濕了……好冷哦……』

我走向壁櫥，對他說：

『我找件衣服給你換上，就不冷了！』

我動手在微弱的燭火中，翻著、找著，小彤的聲音極弱、極輕：

『我走了……』

我扯下一件長袖襯衫，口中說著：『乖乖，來換……』

一轉身子，全身的血液直往上衝，小彤！小彤又不見了！不見了！不見了！我猛地一彈，出了一身冷汗，自己正在床上，雪雪在我身旁……是夢，只是個夢！胸口卻像千斤重般沉沉壓迫著……母親悄悄進來，我問：『小彤呢？』

母親搖頭，愁容滿面。

天將亮時，風雨較小，父親和呂大哥再度出門尋找，母親拿出棉花和藥，要爲亦珩敷藥，我接過來，替他清洗瘀血的面頰，一掉頭，看見桌上，小彤的畫像，仰頭的笑容，我心中狠狠一驚，手中的棉花掉落下來。突然，我想起『來寶』和那個故事，與海龍王『交換』的故事……

『我已經可以看見媽媽了，像來寶一樣！』小彤說。

我用藥棉輕拭亦珩的瘀青，心裡漸漸明白了……清晰了……這是個交換嗎？不！不可以！不可以——亦珩握住我亂顫的手，我的淚，開始一個勁的落下，因爲，我知道發生了什麼事，我知道了哦。

『我不疼的。』亦珩安慰我，可是，我哭得更厲害。

『別擔心！碧紋！我們會找到小彤，他一定會回來的！』我摀著臉，只是哭泣。天哪！讓他回來吧！即使眞要交換，不該是小彤！不該是他！

風雨隨著黎明而減弱，天亮之後，雨停了，只有風，依舊肆虐著狼藉的草木。母親煮了鍋稀飯，大家都吃了，只有呂大哥，一夜之間，他憔悴而狼狽，失神落魄的坐在一旁，不吃也不喝。我端了碗稀飯，在他身邊坐下。

『吃一點吧！』

他搖頭，注視著地面，一言不發。

『你這樣不吃不喝，有什麼用呢？』我焦急地。

『我不該打他的……』呂大哥喃喃地說：『一錯……再錯……』

『姊夫！』我脫口而出：『這也不是你的錯啊！』

『是我！妳知道，其實，我並不是完全不能忍受碧縈，也不是不愛她，只是……』他蒙住臉，再說不下去了。

突然，我們都聽見一個聲音，大家的眼中都閃過強烈的喜悅，是狗吠，是——莉莉！我們一齊衝向庭院，莉莉渾身濕淋淋的蹲在院中，抖瑟著，低吠著……

『小彤！』我叫著，向門外奔跑。

『小彤！』呂大哥環視庭院。

『小彤！小彤！小彤！』所有的人都叫喚著、找尋著。

而莉莉，牠的吠聲如低泣，垂著頭，縮著身子，我猛地俯下身，亂七八糟的嚷著：

『莉莉！小彤呢？他到那兒去了？你們到那兒去了？告訴我們！莉莉！告訴我們啊——』

亦珩也彎下身，他檢視莉莉，而後說：

『莉莉在流血，牠受傷了！』

莉莉的後腿淌著血，毛上結著一大片乾凝的血液和細沙。沙——沙?! 一個意念竄進腦中，我的聲音尖銳的、不能控制的高揚起：

『在海邊啊！海邊——』

沙灘上，碉堡遙遙在望，海水曾漫上沙灘，沙子又軟又濕，我跑不快，思想卻轉得飛快——讓小彤在裡面吧！在碉堡裡吧！貝殼是大海的耳朵——哦！天哪，救救小彤吧！他沒有罪哦！天！他沒有罪！神啊！不管何方神聖，只要祢能傾聽，求祢聽我祈禱！救他吧！他只是個孩子，只是孩子！

『我什麼時候可以看到媽媽？』哦！小彤！媽媽下星期就回來了。就回來了。

『爸爸和媽媽離婚以後，可不可以再結婚呢？』可以的，小彤！只要你平安無事，什麼都可以重新開始，眞的可以的。

『我冷！衣服和鞋子都濕了，好冷哦！』小阿姨帶了衣服來給你，我們都來了，你再不必怕，也不會冷！外公、外婆愛你！爸爸、媽媽愛你！阿姨也愛你！我們都愛你……

我們都來了，小彤！和我們回家吧——

我一腳踏進碉堡，所有的思想在一瞬間被抽成眞空——碉堡是空的！什麼都沒有。

海邊一下子來了好多人，有警察、有駐軍，還有一些不相干的人們，我坐在碉堡中，那已被我瘋狂搜尋多次而一無所獲的地方。呂大哥被亦珩扶進來，他的臉色陰慘、青白，雙眼承載著恐懼。亦珩望望我，轉身向外走去，我突然歇斯底里的拉住他。

『你要救小彤！一定要救他！』

『碧紋！』他安慰的拍撫我的手背。

『你要答應我！一定救他回來！答應我？答應我？』我搖晃著他，卻搖落自己滿眶淚水。

他咬咬牙，給我一個承諾：

『我一定救他回來！一定！』

他走了！我坐回碉堡，由他那薄弱的承諾安慰自己：他們會救他回來的！他還不到八歲呢！而他那麼聰明，那麼懂事，那麼討人喜愛！彤雲、瑞雪，一對可愛的小兄妹，誰會忍心傷害他們……

『找到啦！找到啦——』沙灘上一陣喧嘩沸騰起來，我立即衝出碉堡，迎面燦亮的陽光，白花花一片，令我暈眩，然而，我還是看見了！看見小彤！平躺在不遠的沙灘上，被一些不相干的人包圍著，他們在搖頭、在嘆息……

『小彤！』我大叫，緊抱著手中的衣服跑向他，他的衣服和鞋子都濕了，他冷！小阿姨給小彤換好衣裳，然後，我們回家——有人衝過來，擋住我。

『不要看了！碧紋！』他說，是蕭亦珩。

『我要小彤——』我說，全身開始顫慄。他不說話，慘白著臉搖頭，喑啞著嗓子：

『來不及……他去了！』

我站在那兒，聽見呂大哥悽厲的、肝腸寸斷的哭喊：

『小彤啊！小彤——』

我可以看見，他緊摟小彤小小的身體，吻了又吻……我上前兩步，亦珩再度攔我。

『你答應我的——』我尖銳地朝他大叫：『你答應救小彤回來！』

我拚命推他，用盡全身氣力，嘶聲哭叫：

『小彤！小阿姨來了！小阿姨來了——』小彤的衣裳落在地上，我沒管，他躺在他父親懷中，再不寒冷了。

『小阿姨！人如果死了，還能活過來嗎？』

『如果我死了，是不是可以到我想要去的地方？可以看到我想看的人？』

小彤哦！小彤！我虛弱的癱坐在沙灘上，伸出手怎麼也搆不著小彤，我用盡氣力掙扎向前，不知怎麼，整個沙灘突然之間向我兜頭傾下，不及呼叫與逃避，我失去知覺。

7

我們葬了小彤，小小的棺木，小小的墳地，石碑上的小彤開心的笑著，他終於看見他想看見的人們：外公、外婆、妹妹、爸爸，還有媽媽呢！

我們離去的時候，雪雪突然問：

『哥哥一個人睡在那裡，他怎麼不跟我們回家？』

大家都不說話，只紛紛拭淚，雪雪掙開大姊的手，她說：『我要陪哥哥！我睡覺的時候，我生病的時候，哥哥都陪我。』

『雪雪！』大姊又崩潰了，『我求妳！不要胡鬧，不要……』

我握住雪雪，她的大眼睛淚汪汪的。

『好乖！雪雪……』我抱起她，她索性摟住我的脖子。

『哥哥會回家陪妳，他現在是個小天使，長著一對翅膀，可以飛到妳的床邊！妳看不見他，可是，他可以看見妳，所以，妳要乖乖聽話……』

『眞的嗎？小姨姨！』雪雪注視著我的眼睛。

小彤是這樣說的，他是這樣說的……

『是眞的。』我說，吻了吻她微潤的面頰。

大姊沒回澳洲去，她守著雪雪，寸步不離。呂大哥也不上班了，他守著小彤的相片，從早到晚。

秋天，呂大哥決定到美國住一段時間，他將公司業務交給大姊。

大姊要送他搭機離去，我說：

『帶著雪雪不方便，把她留下吧！』

『不！』大姊摟緊雪雪，她說：

『我們一道去，絕不分開！』

雪雪啃著新上市的麻豆文旦，依著母親，伴著父親——小彤！這就是你的交換嗎？這樣的交換，孩子！你可滿意？

十一月的陽光，依舊亮麗，我坐在碉堡旁，膝上放著剛出版的書，藍色的封面，燦笑的小彤，與鮮紅的字體——海水正藍！

蕭亦珩向我跑來，又是個假日嗎？他看見我，蹙了蹙眉：

『碧紋！妳還是這樣？』

『別管我了！就讓我這樣吧！什麼都不要說……』我用書蒙住臉，不看他。他劈手拿開我的書：

『小彤走了！這件事不能影響妳一生！妳得戀愛！得結婚！也要生兒育女——難道，妳就這樣逃避一輩子？』

『戀愛是什麼呢？』我對他發洩的喊叫：『婚姻又是什麼？生兒育女又能保證什麼？你看看今天的社會上，有多少小彤？有多少雪雪？誰來負責？誰來負責——』

他不說話，我冷笑道：

『法律告訴我們了嗎？到底誰該負責？難道是小彤？』

『不該是小彤！』他爆發出來：

『當然不該是他！法律只是設法解決問題，可是，人類是軟弱的——自私、猜忌、傲慢、偏見、愚昧、無知——』他的語氣緩和下來，輕緩地：

『碧紋，要有愛！有足夠的信任與包容，才不會發生問題。』

他把書交給我，我接過來，小彤仍笑著，滿足而開懷的笑著。

『以前，我等妳長大。』亦珩溫柔的說，眼中有懇切光芒：

『現在，我等妳有信心。』

他笑笑，拍拍我的肩，走了。我想喚他，終究沒開口，只望著他的背影愈走愈遠，白茫茫的愈不清晰。

海水一波湧著一波，急切的翻滾上岸，像要訴說什麼，上了岸，卻又低首斂眉，徐徐退去，到底什麼都沒說。『給小彤』的專欄又開始了，我一直想寫一隻孤獨的海鷗，找不著『家』的故事……小彤！小阿姨開始說故事了，從前，很久以前，海邊有一隻小海鷗……我抬起頭，正有一隻潔白的海鳥低飛而過，天空，是這樣澄淨，而海水噢！海水正藍。

——一九八三．十二．《皇冠》

《海水正藍》大事記

一九八三年五月　短篇小說〈永恆的羽翼〉獲得全國學生文學獎小說首獎。

一九八三年十二月　短篇小說〈海水正藍〉以『特別推薦小說』形式刊登於皇冠雜誌。

一九八五年十月　《海水正藍》正式出版，希代書版有限公司發行。

一九八八年九月　由中央電影公司改編爲同名電影『海水正藍』上映。

一九九〇年　獲得中國時報票選爲四十年來影響台灣最大的十本書之一。

一九九〇年三月　中國大陸簡體字版首次出版，中國友誼出版公司發行。

一九九二年七月　香港版，皇冠發行。

一九九五年一月　十週年新版，皇冠文化出版有限公司發行。

一九九八年十月　中國大陸簡體字新版，春風文藝出版社發行。

二〇〇三年一月　中國大陸簡體字新版，雲南人民出版社發行。

二〇〇四年　經由讀者票選獲得誠品書店、聯合報與公視舉辦之『最愛一百』小說選。

二〇〇四年十月　二十週年限量精裝珍藏版，皇冠發行。

二〇〇五年　泰文版，南美圖書發行。

國家圖書館出版品預行編目資料

海水正藍 / 張曼娟 著.--二版.--臺北市：皇冠文化.
2005〔民94〕
面；公分（皇冠叢書；第3420種）
（張曼娟作品；6）
ISBN 978-957-33-2098-2（平裝）

857.63　　93017550

皇冠叢書第3420種
張曼娟作品 6

海水正藍

作　者—張曼娟
發 行 人—平　雲
出版發行—皇冠文化出版有限公司
台北市敦化北路120巷50號
電話◎02-27168888
郵撥帳號◎15261516號
皇冠出版社(香港)有限公司
香港銅鑼灣道180號百樂商業中心
19字樓1903室
電話◎2529-1778　傳真◎2527-0904
印　務—林佳燕
校　對—張曼娟．鮑秀珍．丁慧瑋
著作完成日期—1985年9月30日
平裝二版一刷日期—2005年1月
平裝二版二十九刷日期—2023年11月
法律顧問—王惠光律師

讀者服務傳真專線◎02-27150507
電腦編號◎012081
ISBN◎978-957-33-2098-2
Printed in Taiwan
本書定價◎新台幣220元/港幣73元

- 張曼娟官方網站：www.prock.com.tw
- 皇冠讀樂網：www.crown.com.tw
- 皇冠Facebook：www.facebook.com/crownbook
- 皇冠Instagram：www.instagram.com/crownbook1954
- 皇冠蝦皮商城：shopee.tw/crown_tw